DIESES BUCH GEHÖRT:

Die drei ???

Die drei ???

Im Netz der Lügen

erzählt von Kari Erlhoff

KOSMOS

Umschlagillustration von Andreas Ruch, Düsseldorf
Umschlaggestaltung von der Peter Schmidt Group, Hamburg,
auf der Grundlage der Gestaltung von Aiga Rasch (9. Juli 1941–24. Dezember 2009)

FSC
www.fsc.org
MIX
Papier aus verantwortungsvollen Quellen
FSC® C083411

Gedruckt auf chlorfrei gebleichtem Papier

ISBN 978-3-440-16686-4
Redaktion: Anne Pagel
Lektorat: Nina Schiefelbein und André Marx
Produktion und Satz: DOPPELPUNKT, Stuttgart
Druck und Bindung: CPI books GmbH, Leck
Printed in Germany / Imprimé en Allemagne

Die drei ???

Im Netz der Lügen

Viel Lärm um nichts?

»Der Lügenkönig webt … ein Netz der Blenderei«, tönte eine tiefe Stimme. »Sein Heer der Bosheit … lässt dich nicht mehr frei.« Ein schriller Ton durschnitt den Gesang. Er steigerte sich zu einem unerträglichen Quietschen. Justus Jonas presste sich die Hände auf die Ohren. Im selben Augenblick setzte ein massives Dröhnen ein. Der Schrott um ihn herum begann zu vibrieren. Eine Möwe, die eben noch auf einem rostigen Klettergerüst gehockt hatte, flog panisch auf. Gleichzeitig machte Peter Shaw einen Satz rückwärts. Mit dem rechten Fuß trat er in einen Blumentopf, stolperte und landete unsanft in einem alten Bällebad, das der Kindergarten von Rocky Beach ausgemustert hatte. Schmutzig-bunte Plastikkugeln flogen in alle Richtungen.

Während sich Peter mühsam wieder hinauswühlte, drehte der Mann am Mikrofon voll auf: »Sie kesseln dich bald ein … und täuschen dich geschickt … Sie brechen deinen Willen … so wirst du verrückt!«

Bob Andrews beobachtete währenddessen ganz entspannt das Chaos. Er grinste und deutete auf seine Ohren, dann reckte er die Daumen hoch. Justus ahnte, was Bob ihm damit sagen wollte: Der dritte Detektiv der drei ??? hatte als Einziger von ihnen an Ohrstöpsel gedacht. Justus und Peter konnten nur zusehen, dass sie so schnell wie möglich von dem Lautsprecher wegkamen – zumindest, bis die Band ihre Instrumente richtig eingestellt hatte.

Während der Sänger zu einem heiseren Röhren überging, verzogen sich die drei Jungen hastig in Justus' Freiluftwerkstatt. Die lag an der gegenüberliegenden Seite des Geländes vom »*Gebrauchtwarencenter T. Jonas*«. Auch hier war der Geräuschpegel noch hoch – aber zumindest nicht mehr unerträglich.

Justus griff in eine Schublade und förderte für sich und Peter zwei Paar Ohrenschützer zutage. Normalerweise wurden die bei lauten Arbeiten auf dem Schrottplatz eingesetzt – zum Beispiel, wenn die Kreissäge zum Einsatz kam. So laut wie heute war es hier aber noch nie gewesen. Kein Wunder, gerade probte schließlich die härteste Heavy-Metal-Band der Gegend für ein Konzert.

Der Erste Detektiv spähte zum Wohnhaus hinüber. Mathilda Jonas erschien gerade auf der Veranda. Justus' wohlbeleibte Tante trug Ohrenschützer aus hellgrünem Plüsch und schwang einen Besen. Sie und ihr Mann Titus hatten Justus aufgenommen, als seine Eltern vor vielen Jahren bei einem Unfall gestorben waren. Tante Mathilda war herzensgut, aber Haus und Hof führte sie mit einer resoluten Strenge. Unordnung und unnötiger Lärm wurden sofort unterbunden. Strammen Schrittes überquerte sie nun den Schrottplatz, bis sie bei den Musikern ankam.

Die Jungen hörten nicht, was sie sagte, aber sie konnten sich die Strafpredigt lebhaft vorstellen. Justus schnappte sich ein altes Fernglas, das er vor ein paar Tagen repariert hatte, und hob es vor die Augen. Tante Mathilda hielt den vier Männern tatsächlich eine ordentliche Standpauke. Niemand vertrieb auf ihrem Schrottplatz die Kunden! Die Musiker in den schwarzen Ledersachen sahen Mrs Jonas betroffen an. Beim Reden schwenkte sie energisch den Besen. Mit der freien Hand deutete sie abwechselnd auf Lautsprecher, Verstärker, Mikrofone und Instrumente. Der hünenhafte Sänger und Lead-Gitarrist nickte ergeben. Der untersetzte Drummer zog den Kopf ein und sackte hinter seinem Schlagzeug zusammen wie ein Gummitier, bei dem man die Luft ablässt. Nur dem Bassisten schien es nicht die Sprache verschlagen zu haben. Der Mann mit dem markanten Kinn und den langen, silbergrauen Haaren hatte den gesamten Vormittag auf dem Schrottplatz ausgeholfen. Er hatte wortwörtlich Berge versetzt – und zwar Berge aus Gerümpel. So war er deutlich in Tantes Mathildas Gunst gestiegen. Jetzt schien er sich ruhig und freundlich zu entschuldigen. Justus' Tante hob noch ein letztes Mal warnend den Zeigefinger, dann stapfte sie mit wehender Schürze zurück zum Wohnhaus. Die Musiker legten ihre Instrumente ab und gingen nun am Mischpult zu Werke.

Erleichtert nahmen die Jungen ihren Ohrenschutz ab.

»Das war mal eine stattliche Rückkopplung!«, sagte Bob beeindruckt. »Das hat sogar noch durch die Ohrstöpsel geschrillt.« Der schlanke Junge kannte sich auf dem Gebiet gut aus: In den Ferien jobbte er hin und wieder bei der Musikagentur RockPlus.

»Unglaublich, dass deine Tante die Bandproben überhaupt erlaubt hat«, wunderte sich Peter.

»Sie wusste nicht, worauf sie sich einlässt«, erklärte Justus. »Die Band hat alles nur mit Onkel Titus besprochen, und der war begeistert.«

Peter lachte. »Wirklich? Dein Onkel mag Heavy Metal?«

»Die *Bards of Salvage*[1] sind eine Band aus der Nachbarschaft«, antwortete Justus. »Onkel Titus hat schon immer gerne Künstler aus der Gegend unterstützt. Und der Bandleader ist seit Jahren bei uns Stammkunde.«

Die Gitarren legten erneut los – dieses Mal allerdings deutlich leiser. Justus sah sich unschlüssig um. Vor einer Stunde war Onkel Titus von einer ausgebrannten Werkstatt zurückgekommen, wo er Altmetall erworben hatte, und die größeren Teile waren noch nicht abgeladen – eindeutig eine Aufgabe für die Jungen. Aber Justus arbeitete lieber mit dem Kopf statt mit den Muskeln. Es war zu schade, dass die drei ??? gerade keinen Fall hatten. Die Jungen betrieben nämlich in ihrer Freizeit ein erfolgreiches Detektivbüro und Justus war der Erste Detektiv. Wenn es nach ihm ginge, würden sie gerade einen Schatz su-

1 Übersetzt heißt das »Barden des Schrotts« oder auch »Schrott-Sänger«.

chen, Rätsel lösen oder seltsame Spukphänomene aufdecken. Aber die Sommerferien rückten immer näher, ohne dass sich auch nur der kleinste Auftrag anbahnte.

Gerade, als er diesen Zustand wortreich bedauern wollte, sprang Bob ohne Vorwarnung hinter einen Stapel aus Eisenschrott. »Verflixt!«

»Was ist denn los?«, wunderte sich Peter.

Doch der dritte Detektiv deutete nur stumm in Richtung des Hoftores. Dort stand ein hübsches blondes Mädchen und sah sich suchend um.

»Will die zu dir?«

»Ich bin nicht da«, zischte Bob.

Peter sah amüsiert zwischen seinem versteckten Freund und dem Mädchen hin und her. Sie hatte die Jungs offenbar entdeckt und kam zielstrebig auf die Freiluftwerkstatt zu.

Justus durchforstete unterdessen sein phänomenales Gedächtnis und versuchte, darin einen passenden Datensatz zu dem Gesicht zu finden. Und natürlich erinnerte er sich: Olivia Parker, ehemalige Schülerin der Mount-Loretta-Schule für Mädchen in Rocky Beach. Sie war am Ende des letzten Schuljahres mit Bob ausgegangen – bis sie nach den Ferien zu einem Elite-Internat in einem anderen Bundesstaat gewechselt hatte. Offensichtlich waren dort schon Ferien.

»Können wir dir helfen?«, fragte der Erste Detektiv in geschäftlichem Ton, als das Mädchen in Hörweite war.

»Das hoffe ich doch.« Sie lächelte, wobei sich Grübchen in ihren Wangen bildeten.

»Bob ist … ziemlich weg«, log Peter. »Ich meine, er ist gerade … sehr nicht da.«

»Sehr nicht da?«, wiederholte Olivia belustigt, doch dann wurde ihr Gesichtsausdruck etwas ernster. »Vielleicht ist das auch ganz gut so. Bob und ich hatten letzten Sommer einen Streit. Danach haben wir uns nicht mehr gesehen.«

»Demnach willst du gar nicht zu Bob?«, schlussfolgerte Justus.

Peter konnte es nicht lassen, immer wieder zu seinem Freund hinter dem Stapel zu schauen.

Das Mädchen folgte seinem Blick. »Ist alles in Ordnung?«

»Absolut!«, bekräftigte Peter.

Olivia griff in ihre Umhängetasche und zog einen kleinen Gegenstand hervor. »Ich wollte das Ding eigentlich wegwerfen, aber dann habe ich es irgendwie doch behalten.« Sie hielt den Jungen eine Visitenkarte hin.

»Ich möchte eure Dienste in Anspruch nehmen, weil –« Ein lauter Akkord brachte Olivia aus dem Konzept. Sie drehte sich zu der Bühne um, wo ein hartes Gitarrensolo einsetzte. »Was ist denn hier los?«

»Die *Bards of Salvage* treten am nächsten Wochenende bei uns auf dem Schrottplatz auf«, erklärte Justus schnell. »Heute ist die erste Probe.«

Tante Mathilda war inzwischen wieder auf der Veranda erschienen und wedelte mit dem Besen. Sofort verstummte die Musik.

»Puh«, machte Olivia.

»Kommen wir zur Sache«, sagte Justus ungeduldig. »Du hast einen Fall für uns?«

»Ja!« Olivia machte einen Schritt auf die Jungen zu. Bob presste sich enger an das Altmetall. »Bei uns ist eingebrochen worden.«

»Wo genau, wann und unter welchen Umständen?«, fragte der Erste Detektiv.

»Bei mir zu Hause, 34 Hillside Drive, Rocky Beach. Der Einbruch fand gestern zwischen halb neun und zehn am Abend statt. Da war niemand von uns da.«

Justus nickte zufrieden. Auftraggeber, die konkrete Informationen lieferten, schätzte er sehr. »Und was wurde entwendet?«

»Nichts«, sagte das Mädchen. »Das ist ja das Seltsame. Der Einbrecher hat etwas mitgebracht.«

Der Countdown läuft!

»Normalerweise stehlen Einbrecher doch Gegenstände«, sagte Peter verwundert.

»Es sei denn, es handelt sich bei dem Einbruch um eine Drohung für den Hausbesitzer«, wandte Justus ein. Hoffnungsvoll fügte er hinzu: »War es denn etwas Bedrohliches?«

Peter gefiel diese Vorstellung ganz und gar nicht. »Du meinst so was wie einen abgeschnittenen Finger oder eine tote Ratte?«

»Igitt, nein!«, beruhigte ihn das Mädchen. »Es war bestimmt keine Drohung. Der Einbrecher hat einen benutzten Kaffeebecher auf unseren Esstisch gestellt.«

Peter war erleichtert. Justus war zutiefst enttäuscht. Ein Kaffeebecher war alles andere als spektakulär. Nun, immerhin war so ein Gegenstand wenigstens untypisch. Normale Einbrecher tranken bei ihrer Arbeit wohl kaum Kaffee.

»Was sagt denn die Polizei dazu?«, wollte Peter wissen.

»Meine Mutter will die Polizei nicht einschalten«, berichtete Olivia. »Es gab keine Einbruchsspuren. Auch die Aufzeichnungen unserer Sicherheitskameras haben nichts Verdächtiges gezeigt. Da war einfach nur dieser seltsame Becher in unserer Küche. Meine Mutter glaubt, dass unser Hausmädchen ihn nach dem Putzen vergessen hat. Es waren nämlich Schmierstreifen von einem Scheuermittel oder so was dran.«

»Eine logische Erklärung«, sagte Justus.

»Das finde ich nicht«, widersprach das Mädchen. »Marcella schwört, dass sie es nicht war. Sie habe das Haus sauber und ordentlich hinterlassen. Ich glaube ihr das, zumal Marcella nur Tee trinkt und der Becher nicht aus dem Haus stammt.«

»Hast du den Becher noch?«

»Ja. Ich habe mal einen längeren Artikel über das Thema Spurensicherung geschrieben. Daher kenne ich mich etwas aus.« Olivia griff in ihre Handtasche und holte eine durchsichtige Tüte hervor. Darin befand sich ein gebrauchter Pappbecher, an dem eine milchige Flüssigkeit klebte. »Ich habe ihn nicht mit bloßen Händen angefasst und mich bemüht, nichts zu verwischen.«

»Wir werden den Becher nachher in unserem Labor untersuchen«, versprach Justus halbherzig.

Olivia sah ihn vorwurfsvoll an. »Du glaubst nicht an einen Einbrecher – genau wie meine Mutter.« Schon machte sie einen weiteren Schritt vor. Gleich würde sie Bob entdecken!

Peter hob beschwichtigend die Hände. »Doch! Wir glauben dir! Total! Wir kümmern uns drum!«

»Gut«, sagte Olivia besänftigt. »Wollt ihr gleich mit mir zum Tatort fahren?«

»Wir warten noch auf Bob«, wandte Peter ein. »Er müsste gleich da sein. Dann kommen wir gemeinsam zu dir.«

»Danke!« Olivia verabschiedete sich und ging.

»Ist sie weg?«, flüsterte Bob wenig später.

»Feigling!« Peter grinste.

»Das musst ausgerechnet du sagen.« Bob verschränkte missmutig die Arme.

»Es besteht kein Grund, unfreundlich zu werden«, fand Justus. »Zudem wäre es gut, wenn du Olivia künftig wieder gegenübertreten könntest. Sie ist jetzt unsere Klientin.«

»Es geht um einen Kaffeebecher!«, kommentierte Bob trocken. »Ihr habt doch nur zugesagt, weil Olivia euch mit ihrem Lächeln überzeugt hat. Oder weil ihr mich ärgern wollt.«

»Wir übernehmen jeden Fall«, konterte Peter. »Das ist unser Motto. Oder hast du etwa Angst?«

Olivia Parker lebte in einer teuren Wohngegend ganz in der Nähe der Küste. Das Grundstück war von einer hohen Mauer umgeben und man musste beim Tor einen Code eingeben, um durchgelassen zu werden. Als sich die Torflügel wie von Geisterhand öffneten, gaben sie den Blick auf eine weiß verputzte Villa frei. Es war ein Haus im spanischen Stil – rustikal und edel zugleich. Die Dächer der verschiedenen Hausteile waren mit alten Ziegeln aus Ton gedeckt. Es gab ein Türmchen, hohe Rundbögen, Stufen mit bunten Mosaikfliesen und Außengänge mit eisernen Kronleuchtern. In dem schön gestalteten Garten wuchsen Palmen, Hibiskus-Büsche und hohe Kakteen. Wer sich so ein Traumdomizil leisten konnte, musste viel Geld auf dem Konto haben.

Olivia begrüßte Bob mit einem zurückhaltenden Lächeln. Er antwortete nur »Hi« und sah dann auf seine Turnschuhe hinab, als wären die besonders spannend.

»Weswegen habt ihr euch eigentlich gestritten?«, fragte Peter, als sie das große Haus betraten. Er grinste seinen Freund herausfordernd an.

»Es ging um … habe ich vergessen«, sagte Bob, während Olivia gleichzeitig »Es war nichts Wichtiges« sagte.

»Private Differenzen sollten zu diesem Zeitpunkt eine untergeordnete Rolle spielen«, mischte sich Justus ein. »Wir sind als Detektive hier.«

Peter sah sich in dem vornehm eingerichteten Haus um. »Wo stand denn der Becher?«

»Auf dem Tisch in der Küche.« Olivia ging voran in einen lichtdurchfluteten Raum mit einer modernen Kochinsel, hinter der sich ein riesiges Esszimmer erstreckte. In der Nähe des Fensters war ein langer Tisch aus groben Holzbalken aufgestellt, auf denen eine Glasplatte lag.

»Gab es irgendwelche Spuren?« Justus beugte sich über die durchsichtige Fläche.

»Nein, da war nur der Becher.«

»Schon wieder dieser nervtötende Becher?« Eine blonde Frau stöckelte durch eine Rundbogentür in die Küche. Ihre hohen Absätze klackerten beim Gehen und ihre adrette Frisur wippte energisch auf und ab. »Oh, Besuch.«

»Mom, das sind die drei ???. Sie sind Junior-Detektive.« Olivia deutete auf die Jungen.

»Sehr erfreut«, sagte die Frau. Ihr Blick blieb kurz an Bob hängen. Vermutlich versuchte sie sich zu erinnern, woher sie ihn kannte. »Ich bin Pamela Pushton-Parker, die Mutter von Olivia. Allerdings fürchte ich, dass es hier für euch nichts zu tun gibt. Meine Haushälterin hat schlampig gearbeitet und will das nicht zugeben. Das stellt mich vor ein Personalproblem, aber Detektive benötige ich nicht.«

»Marcella trinkt doch gar keinen Kaffee«, wandte Olivia ein. »Und sie ist sehr ordentlich!«

»Dieser Tisch ist in der Tat vorbildlich gereinigt«, bestätigte der Erste Detektiv.

»Zitronenfrisch und streifenfrei«, bestätigte auch Bob, der endlich die Sprache wiedergefunden hatte.

»Das mag ja sein.« Pamela Pushton-Parker strich sich energisch die adretten Locken zurück. »Dennoch wäre ein Einbruch ohne Diebstahl absurd, nicht wahr?«

»Wurde denn wirklich nichts gestohlen?«, fragte Peter. »Vielleicht haben Sie es nur noch nicht bemerkt.«

»Mir entgeht so leicht nichts. Außerdem lagen meine Smaragdohrringe in der Schale neben dem Telefon. Das Bild über dem Sofa im Wohnzimmer stammt aus dem 18. Jahrhundert und ist sehr wertvoll – das gilt auch für die antiken Schalen und die Uhr auf dem Kaminsims. Ein Einbrecher hätte hier im großen Stil Wertgegenstände entwenden können, das ist jedoch nicht geschehen.«

»Ja, aber –«, setzte Olivia an, doch ihre Mutter fuhr unbeirrt fort: »Es wurden weder unsere Kunstobjekte noch die hochwertige Technik gestohlen. Selbst das Bargeld ist noch da.«

»Manchmal suchen Einbrecher etwas ganz Bestimmtes«, gab Bob zu bedenken. »Zum Beispiel, wenn sie nicht als Dieb, sondern als Spion ins Haus kommen.«

»Du meine Güte!« Mrs Pushton-Parker unterdrückte ein Lachen. »Du liest wohl zu viele Krimis.«

»Wir haben in unserer Detektivlaufbahn schon einiges erlebt«, unterstützte Justus seinen Freund.

Olivias Mutter seufzte. »Ein Einbrecher, der in der Lage ist, spurenlos in ein gesichertes Haus einzusteigen, hinterlässt doch nicht einen Kaffeebecher am Tatort. Überhaupt wäre es ja absurd, bei einem Einbruch Kaffee zu trinken – aus einem mitgebrachten *Coffee to go*-Becher. Das sollte doch selbst Amateur-Detektiven klar sein.« Sie sah auf die Uhr. »Ich muss jetzt los. Mein Golf-Trainer wartet im Country Club auf mich.«

»Meine Mutter ist ständig auf Achse«, sagte Olivia entschuldigend, als Mrs Pushton-Parker davongerauscht war. »Sie lässt sich durch nichts aufhalten und heute ist sie noch dazu gereizt. Ihr Wecker hat versehentlich mitten in der Nacht geklingelt.«

»Ehrlich gesagt waren ihre Argumente durchaus nachvollziehbar«, sagte Bob entschieden, als wollte er den Fall für abgeschlossen erklären. »Ein Profi würde nicht so schlampig vorgehen und ein unerfahrenerer Täter hätte es nicht bis ins Haus geschafft.«

»Und wie kam der blöde Becher dann bitte schön hierher?«,

fragte Olivia ungehalten. »Es wird ja wohl kaum ein Geschenk des Weihnachtsmannes sein.«

»Nicht jetzt, im Sommer«, bestätigte Peter. Er sah Olivia mitleidig an. »Wir untersuchen das, versprochen.«

Das Mädchen lächelte versöhnlich. »Okay. Wo wollt ihr denn anfangen?«

»Wenn du erlaubst, im Schlafzimmer deiner Mutter«, sagte Justus zielstrebig.

Olivia schaute ihn verwundert an. »Was hat das Schlafzimmer meiner Eltern denn mit dem Einbruch zu tun?«

»Ein Wecker klingelt nicht aus Versehen«, erklärte der Erste Detektiv. »Jemand muss ihn verstellt haben.«

»Oder falsch eingestellt«, wandte Bob ein. »Das passiert.«

»Hm«, brummte Justus. »Ich würde mir dieses spezielle Gerät gerne anschauen und mir selbst ein Bild machen.«

Olivia bot an, ins Obergeschoss zu laufen und den Wecker zu holen. Unterdessen sahen sich die Jungen in der Küche um.

»Hier gibt es keinen Fall, Just«, erklärte Bob.

»Du willst doch nur so schnell wie möglich wieder gehen«, warf Peter ein.

Justus sah auf seine Armbanduhr. »Wir werden eine Stunde in weitere Untersuchungen investieren. Wenn wir nichts finden, stellen wir die Ermittlungen ein.«

»Hier ist er.« Olivia erschien in der Küchentür. Sie hielt einen Wecker in der rechten Hand. Es war ein antikes Stück, das gut in die edle Landhauseinrichtung passte.

»Der macht bestimmt einen Höllenlärm«, schätzte Peter.

»Und ob«, bestätigte Olivia, während sie Justus den Wecker aushändigte. »Meine Mutter nutzt daher lieber die Weckfunktion in ihrem Handy. Der hier ist hauptsächlich als Zierde für den Nachttisch gedacht.«

»Immerhin schreit er nicht. Das haben wir mal in einem Fall erlebt, als …«

»Na bitte!«, rief Justus. »Deine Mutter hat den Wecker nachts vermutlich schlaftrunken ausgeschaltet und ihn nicht weiter untersucht. Sonst hätte sie das hier gefunden.« Er deutete auf die Rückseite, wo ein Zettel klebte.

»Der ist mir eben gar nicht aufgefallen«, gestand Olivia.

»Es liegt in der Natur des Menschen, Dinge zu übersehen«, sagte Justus zuvorkommend.

»Was steht denn auf dem Zettel?«, fragte Peter ungeduldig. »Lies mal vor!«

Justus kniff die Augen zusammen, um den Text zu entziffern. *»Das unerträgliche Ticken der Lüge hat ein Ende, wenn die Stunde der Wahrheit schrillt. Achte auf die Zeichen! Das erste weckt die Erinnerung. Das zweite bricht das Siegel der Verschwiegenheit. Das dritte offenbart die wahren Dämonen. Zehn Jahre zogen ins Land. Der Countdown läuft!«*

Gefahr auf dem Dach

»Oha«, machte Peter. »Das finde ich deutlich beunruhigender als einen Kaffeebecher.«

»Ich sagte doch, dass etwas nicht stimmt.« Olivia machte ein besorgtes Gesicht. »Hoffentlich glaubt meine Mutter mir jetzt, dass jemand hier war.«

»Dämonen!«, sagte Peter. »War ja klar. Es fing alles so schön harmlos an, und jetzt das.«

»Für mich klingt es nach einer Drohung«, sagte Bob. Seine ablehnende Haltung hatte er aufgegeben. »Was könnten das für Lügen sein?«

»Ich habe keine Ahnung.« Olivia war ganz blass um die Nasenspitze. »Ehrlich gesagt, verstehe ich nur Bahnhof.«

»Wir können nun davon ausgehen, dass tatsächlich jemand im Haus war«, stellte Justus fest. »Daher werden wir auch unsere Arbeit hier fortsetzen. Zuerst fotografieren wir den Text und suchen nach Fingerabdrücken am Wecker. Dann gilt es herauszufinden, wie der Einbrecher ins Haus kam.«

Was nun folgte, war mühsame Detektivarbeit. Die Suche nach Fingerabdrücken blieb ergebnislos. Anschließend sahen sich die drei ??? gemeinsam mit Olivia sämtliche Fenster und Türen an. Sie prüften, ob man an Regenrinnen hochsteigen oder über Mauern auf Vordächer und Balkone klettern konnte. Dabei achteten sie auch auf die vielen Sicherheitskameras, die das Grundstück bewachten.

»Die Büsche wurden frisch geschnitten«, bemerkte Justus, als sie mit der Westseite des Hauses fertig waren. »Und der Rasen wurde ebenfalls erst kürzlich gemäht.«

»Ja«, bestätigte Olivia. »Gestern und heute waren unsere Gärtner hier.«

»Dann sind die vielleicht ins Haus gekommen«, rief Peter.

»Bestimmt nicht«, sagte Olivia. »Sie sind am frühen Abend wieder abgefahren. Da stand ganz sicher noch kein Kaffeebecher auf dem Tisch.«

Justus sah nachdenklich in den großen Garten. »Die meisten Gärtner benutzen Fahrzeuge mit einer Ladefläche. Der Einbrecher hätte sich zwischen den Geräten verstecken können, um auf diese Weise unbemerkt aufs Grundstück zu kommen. Danach musste er nur ein Versteck suchen. Zum Beispiel hinter der Garage oder dem Poolhaus. Heute konnte er dann gemeinsam mit den Gärtnern das Grundstück wieder verlassen.«

»Aber es sind doch überall Kameras«, warf Peter ein. »Und die haben ja nichts aufgezeichnet.«

»Die Kameras und Bewegungsmelder befinden sich überall

dort, wo Menschen ins Haus gelangen könnten – also bei den Türen und den großen Fenstern«, erklärte Justus. »Hier zum Beispiel, an der Südfront, gibt es hingegen im Erdgeschoss keine Fenster und keine Tür. Wegen der Mittagshitze befinden sich auf dieser Seite nur ein paar kleinere Fenster direkt unter dem Dach. Kameras sehe ich dort keine.« Er spähte an der Hauswand hinauf.

»Vor den Fenstern sind aber Gitter«, sagte Peter zweifelnd.

»Richtig«, fuhr Justus unbeirrt fort. »Ein begabter Kletterer könnte jedoch von der Ziermauer vor der Wassertonne dort drüben einen Wurfanker mit Seil auswerfen. Bleibt der Anker am Gitter hängen, könnte er hinaufklettern und von dort aufs Dach gelangen.« Justus eilte über den Rasen zu der kleinen Mauer und stellte sich auf die Zehnspitzen. »Aha!«

»Was ›aha‹?«, wollte Peter wissen.

»Frisch gemähter Rasen ist feucht und färbt ab. Jemand ist über das geschnittene Gras zu dieser Mauer gelaufen und hinaufgeklettert. Dabei haben seine Schuhe grüne Streifspuren hinterlassen. Das würde meine Theorie unterstützen.«

Bob gesellte sich zu seinem Freund. »Ich mache gleich mal ein paar Fotos.«

Peter fuhr sich durch die rotbraunen Haare. »Aber so eine Kletteraktion wäre doch total riskant!«

»Allerdings«, fand auch Bob.

»Der Einbrecher hätte aber auf diese Weise zur Wartungsluke für den Schornsteinfeger gelangen können«, fiel Olivia ein. »Die haben wir noch nicht überprüft!«

»Dann sollten wir das tun«, entschied Justus. »Darf Peter bei euch aufs Dach steigen?«

»Moment mal!« Peter schüttelte energisch den Kopf. »Ich gehe doch nicht für einen Verdacht auf das Dach.«

»Du musst ja nicht an der Fassade hochklettern«, sagte Justus. »Es reicht vollkommen, wenn du den Weg nimmst, der für den Schornsteinfeger vorgesehen ist. Vermutlich musst du noch nicht einmal vollständig hinausklettern.«

Olivia führte die drei ??? auf einen niedrigen Dachboden. Dort gab es eine kleine Holzleiter, die zu einer Wartungsluke führte. Peter spähte hinaus. »Sieht am Rahmen ziemlich verbeult aus. Vermutlich ist der Einbrecher tatsächlich durch dieses Fenster gekommen. Aber ganz sicher können wir erst sein, wenn wir es von außen betrachtet haben.« Peters Abenteuersinn war längst geweckt. Im Grunde seines Herzens mochte er solche Herausforderungen.

»Das musst du nicht«, widersprach Olivia.

»Es gehört zu den Ermittlungen.« Peter sah sich um. »Darf ich das alte Seil benutzen, das da in der Ecke liegt?«

»Willst du jetzt den coolen Bergsteiger geben?«, fragte Bob spitz. »Peter, der Superheld?«

Das stachelte den Zweiten Detektiv nur zusätzlich an. Mit Olivias Einwilligung band er das Seil draußen an einem Tritt neben der Luke fest und das andere Ende um seinen Körper. Das musste reichen. Geschickt kletterte er hinaus auf die Metallstufe und klappte die Luke wieder zu. Von außen war es eindeutig: Jemand hatte das Fenster aufgehebelt. Es gab deutlich sichtbare Kratzspuren am Rahmen. Peter machte mit seinem Handy ein paar Fotos für seine Kollegen. Dann ging die Luke wieder auf.

»Hast du etwas gefunden?«

»Ja«, antwortete Peter. Er steckte das Handy wieder ein. »Ich –« Der Zweite Detektiv war nur einen winzigen Moment unaufmerksam, als eine langbeinige Spinne über die Dachziegel davonkrabbelte, doch das rächte sich sofort. Peter verlor den Halt und rutschte ab.

Mit vollem Einsatz

Peter sah rote Ziegel an sich vorbeirauschen. Licht und Schatten tanzten vor seinen Augen. Der Zweite Detektiv ruderte hektisch mit den Armen in der Luft. Die Finger schlossen sich beinahe noch um den Tritt neben der Luke, konnten sich jedoch nicht schnell genug festhalten. Peters Kopf schrammte über die Ziegel. Dann ging ein schmerzhafter Ruck durch seinen Körper. Erst Sekunden später wurde ihm bewusst, dass das Seil hielt – und dass er mehrere Meter über dem Boden in der Luft hing. Peter atmete tief ein und wieder aus, um gegen die aufsteigende Übelkeit anzukämpfen. Wenn der Knoten nicht hielt, würde er abstürzen!

»Wir helfen dir!« Das war die Stimme von Bob.

Kurz darauf spürte Peter, dass jemand am Seil zog. Langsam öffnete er die Augen und spähte vorsichtig nach oben. Justus war halb aus der Luke geklettert und hatte das Seil gepackt. Der Erste Detektiv mochte ein paar Kilos zu viel haben und sich um Sport jeder Art drücken, aber man konnte ihm nicht vorwerfen, schwach zu sein. Die harte Arbeit auf dem Schrottplatz kam schließlich einem regelmäßigen Gewichttraining gleich. Mit wild entschlossenem Gesicht zog er Peter zu sich hinauf. Feine Schweißperlen bildeten sich auf seiner Stirn. »Du musst mithelfen, Zweiter, du bist doch unsere absolute Sportskanone!«

Peter konnte nicht antworten. Das Adrenalin pumpte noch immer durch seinen Körper. Dennoch schaffte er es, sich über die Dachkante zu ziehen. Danach ging es einfacher und Peter konnte aus eigener Kraft die Ziegel hinaufklettern.

»Was machst du denn für Sachen?«, fragte Justus, als er seinem Freund durch die Luke half.

»Wie geht es dir?«, fragte Olivia mitfühlend.

»Mir ist schlecht«, sagte Peter statt einer Antwort. Er ließ sich auf den Boden des niedrigen Speichers fallen.

»Möchtest du ein Glas Wasser?« Olivia berührte den Zweiten Detektiv sanft am Arm.

Bob räusperte sich. »Er bekommt schon wieder Farbe im Gesicht.«

»Ja«, bestätigte Peter. »Das ist für mich ein ganz normaler Einsatz gewesen. Ich stürze eigentlich täglich irgendwo ab. Da gewöhnt man sich daran.«

»Du machst Scherze, oder?« Olivia sah den Zweiten Detektiv fragend an.

»Er steckt das gut weg«, sagte Justus. »Aber ein Glas Wasser wäre trotzdem sinnvoll. Und dann reden wir über das weitere Vorgehen.«

Es dauerte wirklich nicht lange, bis Peter sich wieder erholt hatte. Zu einem Ergebnis kamen die drei ??? an diesem Abend jedoch nicht mehr. Der Erste Detektiv versprach, in der Zentrale den Becher zu untersuchen und Olivia gleich am nächsten Morgen anzurufen.

»Es gibt hier also doch einen Fall«, sagte Peter, als sich das große Tor hinter den Jungen schloss.

»Sieht so aus«, murmelte Bob nachdenklich.

»Ich bin beeindruckt«, sagte ein Mädchen, das Olivia ähnelte. Sie hatte die gleichen Grübchen in den Wangen. Und sie lächelte Justus genauso sympathisch an. »Mit dir könnte ich stundenlang über die Analyse von Existenz und Regularität von Lösungen des Anfangswertproblems der dreidimensionalen –« Ein Wummern ließ den Raum vibrieren.

»Ein Erdbeben!«, rief das Mädchen. Ihre dunklen Augen weiteten sich vor Panik. Es wummerte erneut. Justus wollte etwas sagen, aber die Geräuschkulisse riss ihn nun endgültig aus dem Traum. Benommen öffnete er die Augen. Das blonde Mädchen, mit dem er sich soeben über ungelöste Probleme der Mathematik unterhalten hatte, war verschwunden. Der Erste Detektiv lag auf der schmalen Schlafliege in der Zentrale der drei ??? – einem ausrangierten Campinganhänger, der unter einem Haufen aus Schrott verborgen war. Die Jungen hatten sich hier ihr geheimes Detektivbüro eingerichtet: mit Labor, Archiv, Telefon, Computer und einer eindrucksvollen Detektivausrüstung. Die meisten Teile waren irgendwann von irgendwoher arg ramponiert auf dem Schrottplatz gelandet und von den Jungen sorgfältig repariert worden. Jetzt vibrierte die ganze Zentrale erneut. Auslöser war ein vollkommen übersteuerter Bass.

»Es ist Samstag«, murmelte Justus verschlafen. »Kein Mensch musiziert so früh am Morgen!«

Aber die *Bards of Salvage* sahen das offensichtlich anders. Zu dem Bass gesellten sich nun auch zwei E-Gitarren und das Schlagzeug. Justus warf ächzend einen Blick auf die Uhr. Es war bereits zehn. Er hatte länger geschlafen als beabsichtigt. Allerdings hatte er sich auch die halbe Nacht im Labor um die Ohren geschlagen. Er hatte noch den Kaffeebecher aus der Villa der Parkers genau unter die Lupe genommen. Das Ergebnis war ernüchternd: Es gab keine Fingerabdrücke auf dem Becher. Und die merkwürdige Flüssigkeit an seiner Außenseite war tatsächlich Scheuermilch – mit Zitronenduft. Die Frage war, wie der Kaffeebecher und die seltsame Drohung mit den drei Zeichen zusammengehörten.

Justus las sich den Text erneut durch. Doch mit leerem Magen konnte er nicht konzentriert denken. Er brauchte dringend ein stärkendes Frühstück. Bei dem Gedanken an Tante Mathildas Rührei mit Speck und Bratwürstchen wurde selbst die Musik auf dem Hof nebensächlich. Der Erste Detektiv sah an sich herab. Er trug noch seine Sachen vom Vortag. Das musste vorerst reichen. Er putzte sich rasch die Zähne, fuhr sich mit den Händen durchs Haar und öffnete den Ausgang durch das Kalte Tor. Das war einer der geheimen Zugänge zur Zentrale.

Man musste durch einen alten Kühlschrank steigen, der wie zufällig an den Schrottberg über der Zentrale gelehnt war. Er war so alt und verbeult, dass kein Kunde jemals stehen blieb, um ihn anzugucken. Justus spähte durch die leicht geöffnete Kühlschranktür. Die Luft war rein. Er sprang ins Freie und schloss den Zugang hinter sich. Die *Bards of Salvage* spielten gerade eine besonders harte Nummer. Dass dabei ungehindert Flüche und Schimpfwörter durchs Mikro schallen durften, war ein Anzeichen dafür, dass Tante Mathilda sehr beschäftigt war. Hoffentlich damit, Rührei zu braten.

Doch als Justus das Wohnhaus der Familie Jonas erreichte, zerplatzte der Traum von einem Frühstück in tausend Stücke. Justus hielt den Atem an und starrte entsetzt auf das, was er vor sich sah.

Die Heimsuchung

Die Frau, die gerade auf Tante Mathilda einredete, sah aus wie eine missglückte Mischung aus Pudel und Stabheuschrecke. Ihre schrille Stimme übertönte sogar die Band. Justus schluckte. Diese Frau kannte er nur zu gut. Eudora Kretschmer war eine anstrengende Person mit sehr viel Energie. Genau genommen war sie eine menschliche Heimsuchung. Egal, ob es sich um ihren eigenen Garten, das Krippenspiel der Kirche oder Wohltätigkeitsveranstaltungen handelte: Eudora Kretschmer zog ihre Pläne mit spitzen Ellenbogen durch. Weil ihr das nicht reichte, hatte sie es sich zur Aufgabe gemacht, ihre Mitbürger über alles zu informieren, was in Rocky Beach vor sich ging. Anscheinend hatte sie auch heute wieder etwas zu berichten.

»Es ist wirklich unglaublich!«, schrie sie Tante Mathilda entgegen. Fast zeitgleich spielte die Band einen Schlussakkord. Danach kehrte Ruhe ein.

Tante Mathilda atmete tief durch. »Die arme Mrs Mulligan! Erst das mit ihrem Mann und nun auch noch ein Einbruch.«

»Einbruch?« Justus, der eigentlich gerade das Weite suchen wollte, blieb abrupt stehen.

Eudora Kretschmer drehte sich überrascht um. Sie musterte den Ersten Detektiv durch ihre riesigen Brillengläser. »Meine Güte! Man schleicht sich doch nicht einfach so heimtückisch an Erwachsene heran.«

»Entschuldigen Sie«, murmelte Justus. »Aber ich –«

»Wie siehst du nur wieder aus!« Mrs Kretschmer schüttelte entsetzt den Kopf. »Das Hemd ist doch eindeutig von gestern und die Schuhe müssten dringend geputzt werden.«

Tante Mathilda wurde rot. »Nun ja, mein Neffe –«

»Ihr Neffe braucht dringend etwas Ordnung und Disziplin«, sagte Mrs Kretschmer voller Genugtuung. »Aber das liegt natürlich nicht jedem. Meine Töchter haben von klein auf gelernt, sich zu benehmen.«

Tante Mathildas Gesicht nahm die Färbung einer reifen Tomate an. Sie stemmte die Hände in die Hüften. »Ich bin sehr wohl in der Lage, für Ordnung und Disziplin zu sorgen.«

»Aber sicher doch«, entgegnete Mrs Kretschmer mit einem selbstgefälligen Lächeln. »Mädchen sind grundsätzlich ihrem Alter voraus – besonders meine. Bei Jungen kann man da nicht viel erwarten.«

Ehe Tante Mathilda ihrem Ärger Luft machen konnte, brachte Justus das Gespräch zurück zu dem Thema, das ihn interessierte. »Sie erzählten gerade von einem Einbruch?«

»Oh ja!« Mrs Kretschmers Augen begannen zu leuchten. »Es ist kaum zu glauben. Bei Louise Mulligan wurde eingebrochen.

Und jetzt kommt es …« Sie machte eine bedeutungsvolle Pause, bei der sie Justus nicht aus den Augen ließ. »Es ist wirklich kaum zu glauben …«

»Was denn?«, fragte Justus ungeduldig, doch Mrs Kretschmer kostete die Aufmerksamkeit voll aus.

»Es ist eine ganz seltsame Geschichte. Mrs Mulligan hat ihren Mann gestern Nachmittag im Krankenhaus besucht. Danach war sie noch bei mir im Gemeindebüro und hat mir die Schleifen für das Sommerfest gebracht.« Sie drehte sich zu Tante Mathilda um. »Können wir mit Ihrem Kirschkuchen rechnen, Mrs Jonas? Ich möchte auch in diesem Jahr ein außerordentliches Buffet anbieten.«

»Ich habe doch bereits Ihr Buffet-Formular ausgefüllt und unterschrieben«, sagte Tante Mathilda ungewohnt eisig.

Justus trat von einem Bein aufs andere. Konnte Mrs Kretschmer nicht endlich mal zum Punkt kommen?

»Zurück zu Mrs Mulligan. Die arme Seele ist dann also heimgegangen, um das Unfassbare zu erleben!« Eudora Kretschmers Augen blitzten begeistert hinter den Brillengläsern. »Jemand ist in ihr Haus eingebrochen, hat den Küchentisch aufgeräumt, abgewischt und einen Staubwedel in der Mitte platziert!«

Justus starrte Mrs Kretschmer ungläubig an. Noch so ein seltsamer Einbruch? Das konnte doch kein Zufall sein!

»Welcher Einbrecher macht denn bitte schön sauber?«, fragte Tante Mathilda verwundert.

»Das frage ich mich auch«, gab Mrs Kretschmer zu. »Allerdings muss ich gestehen, dass ich gelegentlich auch schon so ein Bedürfnis hatte. Bei meiner Schwiegermutter würde ich ja liebend gern mit dem Staubsauger einbrechen und alle Katzenhaare entsorgen! Katzen machen so viel Dreck. Außerdem bin ich allergisch. Manchmal denke ich, dass sie die Katzen nur hält, um mich abzuschrecken.«

»Vielleicht sollten wir uns Katzen anschaffen«, murmelte Tante Mathilda.

Aber Mrs Kretschmer hatte sie genau gehört. »Wie bitte?«

»Wegen der Mäuse«, sagte Tante Mathilda schnell.

»Nehmen Sie lieber Gift«, schlug Mrs Kretschmer vor. Sie hängte ihre Handtasche über die Schulter. »So, ich muss gleich los. Und zuvor werde ich noch diese Band genau unter die Lupe nehmen. Es ist meine Bürgerpflicht, ein Auge auf jene zu werfen, die dem Ansehen unserer Stadt schaden könnten.«

»Die meisten Mitglieder der *Bards of Salvage* spielen seit Jahren in Rocky Beach«, verteidigte Tante Mathilda überraschenderweise die Band. »Und sie sind gute Kunden.«

»Sie parken die Straße mit ihren schmutzigen Wagen zu und verderben unsere Jugend. Halten Sie Ihren Neffen lieber von den Musikern fern, sonst lässt er sich die Haare lang wachsen und die Arme tätowieren.« Mrs Kretschmer warf Tante Mathilda ein überlegenes Lächeln zu und eilte dann mit raschelndem Rock in Richtung Bühne.

»Uff«, machte Justus.

Tante Mathilda zog eine Augenbraue hoch. »Ab ins Bad, junger Mann. Wenn du geduscht hast, gibt es Frühstück.«

Tatort Rocky Beach

»Der Fall verdichtet sich«, sagte Justus. Die drei ??? hatten sich gleich nach dem Mittagessen zu einer Besprechung in der Zentrale verabredet.

»Bist du dir sicher?«, fragte Peter.

»Ich war direkt nach dem Frühstück bei Mrs Mulligan und habe mit ihr geredet«, berichtete Justus.

»Ohne uns?« Bob runzelte die Stirn.

»Mrs Kretschmer erzählt viel, wenn der Tag lang ist. Ich wollte ihre Geschichte besser unmittelbar überprüfen«, rechtfertigte sich der Erste Detektiv.

»Ich war eh joggen«, sagte Peter versöhnlich. »Du hättest mich also gar nicht erreicht. Aber jetzt schieß doch mal los. Was hast du herausgefunden?«

»Louise Mulligan hat gestern ihren Mann Edgar im Krankenhaus besucht. Gegen Abend kehrte sie nach Hause zurück. Zunächst bemerkte sie nichts Außergewöhnliches – bis sie die Küche betrat. Dort hatte sich seit dem Vormittag einiges verändert. Der Frühstückstisch war abgeräumt und abgewischt. Er roch nach Zitrusreiniger. In der Mitte des Tisches lag ein Staubwedel.« Justus drehte sich zum Schreibtisch und griff nach einer durchsichtigen Plastiktüte. »Hier ist er. Leider konnte ich keine Fingerabdrücke sicherstellen, dafür war Scheuermilch am Griff.«

»Ahaaa«, machte Bob gedehnt. Er betrachtete den Plastikstab, von dem bunte Fasern in alle Richtungen abstanden. Das Ding erinnerte an einen stacheligen Regenbogen.

»Ein identisches Reinigungsmittel befand sich auch an dem Kaffeebecher aus der Villa der Pushton-Parkers«, sagte Justus.

»Das ist allerdings seltsam«, fand Bob. »Gab es bei ihr auch einen klingelnden Wecker?«

»Mrs Mulligan hatte Angst, allein im Haus zu schlafen. Daher hat sie im Cliff House Motel übernachtet. Als sie heute früh heimfuhr, um weitere Sachen zu packen, hörte sie im Schlafzimmer den Radiowecker. Das hat ihr den Rest gegeben.«

»Das kann ich mir vorstellen«, sagte Bob. »Lass mich raten – das Ding ist mitten in der Nacht angegangen?«

»Um zwei Uhr, um genau zu sein.« Justus zeigte seinen Freunden ein Foto von einem Radiowecker mit Digitalanzeige. »Der Zettel klebte dieses Mal an der Unterseite.«

»Und? Was stand drauf?«

»Dieselbe Botschaft wie bei den Parkers: *Das unerträgliche Ticken der Lüge hat ein Ende, wenn die Stunde der Wahrheit schrillt. Achte auf die Zeichen! Das erste weckt die Erinnerung. Das zweite bricht das Siegel der Verschwiegenheit. Das dritte offenbart die wahren Dämonen. Zehn Jahre zogen ins Land. Der Countdown läuft!*«

»Wieder dieser Dämonen-Countdown«, sagte Peter voller Unbehagen. »Ich hoffe, da will niemand echte Dämonen mitten in Rocky Beach beschwören. Vielleicht sind die Einbrüche Teil eines Rituals!«

»Wie wir schon oft beweisen konnten, sind es nicht die übernatürlichen Dämonen, die wir fürchten müssen«, belehrte Justus seinen Freund. »Es sind die inneren Dämonen der Menschen, die wahres Unheil anrichten. Rachsucht, Gier, Neid, Wut, Hass …«

»Schon gut«, lenkte Peter ein.

»Hat Mrs Mulligan eigentlich die Polizei verständigt?«, wollte Bob wissen.

Justus nickte. »Ja, sie hat gleich gestern noch mit Inspektor Cotta geredet. Er hat ihr bestätigt, dass der Einbruch wohl kein Einzelfall war, durfte aber nicht mehr verraten.«

Inspektor Cotta hatte schon oft mit den drei ??? zusammengearbeitet und hielt große Stücke auf das Detektivtrio – gleichwohl hatte er es nicht gern, wenn sie sich in laufende Ermittlungen einmischten. Das war schließlich Polizeiarbeit.

Bob verzog den Mund. »Schade.«

»Mrs Mulligan ist es übrigens sehr wichtig, dass ihr Mann jetzt noch nichts von dem Einbruch erfährt. Er hat seine Operation gut überstanden, aber er ist noch nicht ganz über den Berg. Seine Frau hat Angst, dass er sich zu sehr aufregt.«

»Verständlich«, meinte Peter.

»Wie wollen wir denn jetzt vorgehen?« Bob lehnte sich zurück. »Meint ihr, Cotta verrät uns mehr über die anderen Einbrüche?«

»Nein«, sagte Justus verdrießlich. »Ich habe ihn schon angerufen. Der Inspektor war sehr zurückhaltend und durfte mir keine konkreten Informationen geben.«

»Was die Ermittlungen natürlich schwieriger macht«, fand der dritte Detektiv.

»Wir können doch selbst beim Haus der Mulligans ermitteln und nach Spuren suchen«, schlug Peter vor. »Wie wäre es, wenn wir die Nachbarn befragen? Vielleicht hat jemand etwas Ungewöhnliches beobachtet. Immerhin ist der Einbrecher bei den Mulligans am Tag eingestiegen.«

»Ja, das sollten wir tun«, bestätigte Justus. »Aber zuvor möchte ich noch unsere Kontakte nutzen, um weitere Einbruchshäuser zu lokalisieren.«

»Du meinst die Telefonlawine?«, fragte Bob. Die Telefonlawine war eine Ermittlungsmethode, die Justus erfunden hatte. Jeder der drei Detektive rief fünf Freunde an und die riefen wiederum fünf Freunde an – so lange, bis halb Kalifornien darüber informiert war, was Justus Jonas wissen wollte.

»Der Gedanke ist mir auch gekommen.« Justus lehnte sich zurück und streckte sich. »Aber ich muss gestehen, dass die letzten Lawinen extreme Responsequoten hatten mit geringem Informationsgehalt. Eine Responsequote ist –«

»Ich habe es schon verstanden.« Peter winkte ab. »Viel zu viele Leute haben sich gemeldet. Dabei hatten sie oft gar keine hilfreichen Antworten. Das hat uns wirklich ganz schön auf Trab gehalten.«

»Und es besteht die Gefahr, dass der Einbrecher durch eine Telefonlawine Wind von unseren Ermittlungen bekommt«, fügte Bob hinzu.

»Deshalb möchte ich eine Variante ausprobieren«, sagte Justus. Er stand auf und ging zu einem großen Stadtplan von Rocky Beach, den er an die Wand gepinnt hatte. »Wir rufen dieses Mal ausschließlich verlässliche Freunde und Bekannte an – in jedem Bereich von Rocky Beach und den angrenzenden Wohngebieten mindestens eine Person.«

»Dann starte ich mit Lesley«, bot Bob an. »Bei ihrem Job im Buchladen bekommt sie mit, was im Zentrum los ist.«

»Ich könnte zwei oder drei Surfkumpel anrufen«, schlug Peter vor. »Am Strand wird viel geredet.«

»Meinetwegen.« Justus nickte zögerlich. »Ich kenne zwei Jungs im Farmland am Ynez Creek.«

»Barbara Mathewson wohnt in der Nähe der Parkers«, meinte Bob. »Vielleicht hat sie etwas gehört.«

»Dann fehlen uns allerdings noch der Bereich um den Palisades Park sowie die Straßen rund um den Busbahnhof und das Krankenhaus.«

»Wenn Bob alle seine Freundinnen und Exfreundinnen anruft, decken wir jede Straße in Rocky Beach ab«, neckte Peter seinen Freund.

»Haha.« Bob warf ihm einen vernichtenden Blick zu.

Es dauerte eine ganze Weile, bis die drei ??? eine Liste mit den besagten Leuten angefertigt hatten. Justus erledigte seine Anrufe vom Wohnhaus aus, während Peter das Telefon in der Zentrale benutzte. Bob telefonierte in der Freiluftwerkstatt über sein Handy. Eine halbe Stunde später trafen sie sich wieder, um die Ergebnisse zu besprechen.

»Ich habe nicht alle erreicht«, sagte Justus zerknirscht. »Und die wenigen, die zu Hause waren, haben leider nichts von Einbrüchen gehört.«

»Bei mir war es ähnlich«, meinte Peter.

»Es ist Samstag. Da sind die meisten mit irgendwas beschäftigt«, sagte Bob.

»Versuchen wir es eben später erneut«, entschied Justus. »Jetzt sollten wir zu Mrs Mulligan fahren.«

Der geheime Beobachter

Mrs Mulligan wohnte nur ein paar Straßen vom Schrottplatz entfernt in einer ruhigen Wohngegend. Villen suchte man hier vergebens. Dafür gab es ordentlich gestrichene Mittelklasse-Häuser mit noch ordentlicher gepflegten Gärten. Die Auffahrten zu den Garagen wirkten wie mit dem Lineal gezogen. Das Meer konnte man von hier aus nicht sehen. Dafür ragten in der Ferne die Küstenberge von Santa Monica aus einem blassgrauen Wolkendunst hervor. Die Mulligans wohnten in einem weißen Bungalow. Bauchige Kakteen säumten den Weg zur Haustür.

Justus klingelte. Ein aufwendiges Glockenspiel erklang. Dann wurde die Tür geöffnet.

»Ah, Justus Jonas«, sagte Mrs Mulligan erfreut. Sie war um die sechzig und ebenso wohlbeleibt wie Tante Mathilda. Sie lächelte herzlich. »Und das müssen Bob und Peter sein.«

»Sehr richtig, Madam.« Justus lächelte zurück. »Ich möchte mit meinen Kollegen das Grundstück untersuchen.«

»Nur zu.« Mrs Mulligan deutete auf ein Törchen neben der Garage. »Ihr könnt euch gerne umsehen. Ich fahre jetzt allerdings zu meinem Mann ins Krankenhaus und danach gehe ich wieder ins Motel. Mrs Kretschmer hat mir zwar angeboten, in ihr Gästezimmer zu ziehen, aber das kann ich nun wirlich nicht annehmen.«

»Verständlich«, sagte Justus. Bob hüstelte.

Mrs Mulligan öffnete den Jungen noch die Gartenpforte, dann stieg sie in ihren Kombi und fuhr vom Grundstück. Justus, Peter und Bob betraten den Garten. Viel gab es nicht zu sehen. Auf einer trockenen Rasenfläche standen ein paar Kübel mit Pflanzen. Neben einer Sitzgruppe aus dunkelgrünem Plastik stand ein ordentlich gereinigter Kugelgrill. Trotz all der Ordentlichkeit war es aber ein praktischer Garten – kein Vergleich zu dem Anwesen der Parkers.

Bob sah sich aufmerksam um. »Rechts grenzt das Grundstück an eine kleine Querstraße, aber die Nachbarn auf der linken Seite können den Garten überblicken.«

»Die Polizei hat bestimmt schon mit denen gesprochen«, vermutete Peter.

»Das sollte uns nicht davon abhalten, unsere eigenen Ermittlungen durchzuführen«, entgegnete Justus. »Manchmal vergessen Erwachsene, die richtigen Zeugen zu befragen.«

»Die richtigen Zeugen?«, fragte Bob.

Justus nickte und schaute schräg nach oben. »Wir werden gerade von einem potenziellen Kandidaten belauscht.«

»Oh«, machte Peter. Er hatte nun auch das kleine Baumhaus

in einer Platane hinter dem Zaun entdeckt. Es saß gut getarnt zwischen den dicht belaubten Zweigen. Durch das Fenster sah man, dass sich im Inneren etwas bewegte.

»Hallo!«, rief Bob. »Du da oben!«

»Ich bin nicht hier«, ertönte eine Kinderstimme.

»Schade«, sagte Bob. »Dann kannst du uns auch gar nicht dabei helfen, einen echten Kriminalfall zu lösen.«

»Seid ihr die drei ??? ?«, tönte es aus dem Baumhaus.

»Ja, das sind wir«, rief Peter. »Woher kennst du uns?«

»Meine große Schwester geht in eure Schule. Sie ist doof.«

»Die Schule?«, fragte Peter.

»Nee, meine Schwester.«

Bob hob belustigt die Augenbrauen. »Dann reden wir wohl besser nur mit dir.«

»Ich weiß auch viel mehr als meine Schwester.« Ein kleiner Junge erschien in der Tür des Baumhauses. Flink kletterte er über ein Seil hinab und wieselte zum Zaun. Er war höchstens sechs oder sieben Jahre alt und hatte das Gesicht voller Sommersprossen. »Ich bin Agent Z.«

»Hallo, Agent Z«, sagte Justus so ernsthaft, als würde er mit einem Erwachsenen sprechen. »Wusstest du, dass jemand bei den Mulligans eingebrochen hat?«

»Klar«, antwortete der Junge mit wichtiger Miene. »Inspektor Potter war schon bei uns.«

»Inspektor Cotta«, korrigierte Justus. »Hast du denn auch mit ihm gesprochen?«

Agent Z schüttelte vehement den Kopf. »Nein. Aber meine

Eltern haben ihm voll lange erzählt, dass sie nichts gesehen haben. Total bescheuert, oder?«

Bob lachte auf. »Hast *du* denn etwas gesehen?«

»Meine Mutter hat mich gestern Nachmittag leider zum Einkaufen mitgenommen. Ich habe alles verpasst«, sagte der Junge enttäuscht. Die drei ??? waren ebenfalls enttäuscht.

»Schade«, fand Peter. »Vom Baumhaus aus hättest du das bestimmt prima beobachten können.«

»Und ob«, sagte der Junge. »Ich wette, es war der Mann in dem staubigen Auto.«

»Welcher Mann?«, fragte Bob überrascht.

»Er war schon drei Mal da.« Der Junge deutete auf die kleine Querstraße neben dem Grundstück der Mulligans. »Er hat dort bei den hohen Kaktussen geparkt und ist nie ausgestiegen. Ich glaube, er hat das Haus der Mulligans ausspioniert.«

»Kakteen«, korrigierte Justus. Der Junge sah ihn irritiert an.

»Kannst du den Mann näher beschreiben?«, fragte Bob. Er zückte sofort seinen Notizblock.

»Nicht so richtig. Der saß ja die ganze Zeit im Auto. Und ich war oben auf dem Baumhaus. Ich glaube, er hatte braune Haare – und keinen Bart.«

»Und am Tag des Einbruchs war das Auto wieder da?«, hakte Justus nach.

Der kleine Junge nickte. »Es parkte wieder genau vor den Kaktussen. Als wir vom Einkaufen zurückkamen, war das Auto schon weg.«

»Kakteen, lateinisch Cactaceae. Das ist die korrekte Bezeichnung dieser Pflanzen im Plural. Ist dir vielleicht noch etwas aufgefallen, als du wieder zurück warst?«

»Nein«, sagte der Junge. »Bei Mulligans im Garten war danach nichts mehr los.«

»Dann muss der Einbrecher tatsächlich während eures Einkaufs zugeschlagen haben«, vermutete Justus.

»Ja, ist doch logisch«, antwortete der Junge.

»Und du sagtest, das Auto sei staubig gewesen?«, fragte Bob. Er klappte sein Notizbuch auf.

»Ja. Total verdreckt von oben bis unten.«

»War das Auto groß oder klein?«, fragte Peter.

Der Junge zögerte mit der Antwort. »Eher so mittel. Nicht klein … aber auch nicht richtig groß.«

»Okay«, machte Peter gedehnt. So kamen sie nicht weiter.

Doch der Junge war noch nicht fertig. »Jedenfalls war es ein Chevrolet. Und zwar ein dunkelgrüner Cavalier aus der zweiten Generation.«

»Als Zweitürer?«, fragte Peter höchst erfreut über so viel Sachverstand.

»Ja, es war ein Coupé«, bestätigte der Junge stolz. »Ich habe mir das genau gemerkt.«

»Du kennst dich ja wirklich gut mit Autos aus«, lobte Peter. Seine Kollegen nickten zustimmend.

Bob notierte alle Angaben in seinem Notizheft. »Das könnte ein wichtiger Hinweis sein.«

»Falls der Mann im Cavalier auch der Einbrecher ist, dann schon«, sagte Justus. »Es ist nur seltsam, dass jemand mit offensichtlichem Hang zu Reinigungsmaßnahmen darauf verzichtet, seinen eigenen Wagen zu waschen.«

»Donnie?«, rief eine helle Frauenstimme aus dem Haus. »Kommst du? Wir wollen gleich los.«

»Agent Z meldet sich bei euch, wenn der Typ wieder auftaucht. Und übrigens: Man kann doch Kaktusse sagen!« Mit diesen Worten hüpfte der Junge über den Rasen zum Haus.

Bob sah ihm hinterher. »Schade, dass Agent Z nicht da war, als der Einbruch stattfand. Er hätte uns wirklich wertvolle Hinweise liefern können.«

»Wir sollten unsere Freunde und Bekannten heute Abend unbedingt auch nach dem Wagen fragen«, sagte Justus, während er auf die Terrassentür zustapfte. »Ach, das ist interessant, schaut mal!« Der Erste Detektiv blieb an der Tür stehen. »Hier ist es offensichtlich, wie der Einbrecher ins Haus kam. Diese Tür ist für einen Profi kein Hindernis.«

Peter stimmte ihm zu. »Ja, die könnte ich auch recht schnell öffnen – ohne auch nur einen Kratzer im Holz zu hinterlassen.«

Justus zupfte an seiner Unterlippe. »Ich denke, wir sollten Olivia über diesen zweiten Einbruch informieren. Vielleicht kann sie Licht ins Dunkel bringen. Es ist sehr wahrscheinlich, dass es zwischen beiden Fällen einen Zusammenhang gibt.«

Alarm!

Olivia Parker kam zwei Stunden später mit ihrer Mutter auf den Schrottplatz. Mrs Pushton-Parker wirkte zwischen Autowracks, rostigen Bauteilen und ausgedienten Gartengeräten etwas deplatziert. Sie trug heute ein beigefarbenes Kostüm und eine riesige Sonnenbrille im Haar. Olivia war mit Jeans und T-Shirt schon passender gekleidet. Sie lächelte Bob zu.

»Ich bin euch zu Dank verpflichtet!«, rief Mrs Pushton-Parker. »Ohne eure Ermittlungen hätte ich den Einbruch glatt für einen Fehler meines Hausmädchens gehalten.«

»Wir freuen uns, wenn wir helfen können«, sagte Bob galant.

»Leider kann ich mir weiterhin keinen Reim auf die Sache machen«, gestand Olivias Mutter. »Ich verstehe einfach nicht, was der Einbrecher bezweckt.«

»Konntet ihr denn inzwischen noch mehr Leute finden, bei denen etwas Ähnliches passiert ist?«, fragte Olivia.

»Bislang sind uns nur zwei Fälle bekannt«, gestand Justus. »Aber wir haben einen Plan.«

»Und wir suchen nach der Verbindung zwischen den beiden Einbrüchen«, fügte Peter an Mrs Pushton-Parker gewandt hinzu. »Kennen Sie denn Louise Mulligan oder ihren Mann Edgar?«

»Das sind die Einbruchsopfer von gestern«, erklärte Bob. »Bei ihnen lag ein Staubwedel auf dem Küchentisch.«

»Olivia hat mir gleich nach eurem Anruf davon berichtet«, sagte Mrs Pushton-Parker mit belegter Stimme. »Aber der Name sagt mir nichts. Ich kenne keine Louise Mulligan und mit Staubwedeln habe ich auch nichts zu tun.«

»Wir finden schon heraus, was hinter den ungewöhnlichen Einbrüchen steckt«, versprach Peter.

In diesem Augenblick kamen die Männer von der Band um die Ecke. Die *Bards of Salvage* waren für heute anscheinend mit den Proben fertig.

Mrs Pushton-Parker warf ihnen einen prüfenden Blick zu. »Ist das nicht diese anstrengende, laute Heavy-Metal-Band?«

»So ist es«, bestätigte Justus. Dann erspähte er jedoch jemanden, der weniger laut, dafür allerdings weitaus anstrengender war. Mrs Kretschmer huschte mit reichlich Abstand hinter den Mitgliedern der Band her. Es war schwer zu sagen, ob sie dabei eher wie ein in die Jahre gekommenes Groupie wirkte oder wie eine Amateurdetektivin. Die Männer waren jedenfalls nicht gerade begeistert über ihren Schatten. Der Schlagzeuger verdrehte genervt die Augen und der Bassist beschleunigte seine Schritte, eine Hand an der grauen Haarpracht, als müsse er sie vor dem leichten Küstenwind schützen. Er winkte Justus eilig zu, bevor er, gefolgt von seinen Kollegen, aus dem Tor lief.

Mrs Kretschmer hingegen stoppte abrupt, als sie Olivia und ihre Mutter bei den Jungen entdeckte. »Pamela!«

Mrs Pushton-Parker zog die schmalen Augenbrauen hoch. »Eunice!«

»Eudora«, verbesserte Mrs Kretschmer angesäuert.

»Äh, ja«, sagte Mrs Pushton-Parker.

Mrs Kretschmer trat noch einen Schritt näher. »Wir hatten beim letzten Highschool-Jubiläum ja leider nicht die Gelegenheit zu reden.«

»Das hat sich wohl nicht ergeben«, antwortete Olivias Mutter betont kühl.

»Du wolltest nur nicht zugeben, dass du in der elften Klasse mein Tagebuch gestohlen hast«, ereiferte sich Mrs Kretschmer.

»Habe ich ja auch nicht«, sagte Mrs Pushton-Parker ohne eine Gemütsregung.

Mrs Kretschmers Augen hinter den riesigen Brillengläsern wurden schmal. »Ich bin mir sicher, dass du es warst. Du hast es geklaut und Fotokopien von mehreren Seiten am Schwarzen Brett aufgehängt.«

»Gab es damals schon Fotokopierer?«, fragte Olivia. Dafür erntete sie einen bösen Blick von ihrer Mutter und einen nicht minder bösen Blick von Mrs Kretschmer.

»Nun denn«, sagte Mrs Kretschmer gereizt. »Ich werde dir vergeben, großzügig, wie ich nun einmal bin. Außerdem habe ich gerade wichtigere Dinge auf dem Zettel. Ich ermittle in der Musik-Szene.«

»Aha«, sagte Pamela Pushton-Parker uninteressiert.

»Möglicherweise handelt es sich um skandalöse –«, setzte Mrs Kretschmer an, doch ihre ehemalige Schulkameradin verschränkte abwehrend die Arme. »Ich interessiere mich nicht für Klatsch und Tratsch.«

»Diese Heavy-Metal-Band –«

»Ich interessiere mich auch nicht für Heavy Metal«, sagte Mrs Pushton-Parker mit Nachdruck. »Ich bin nur hier, um mich bei den Jungen zu bedanken.«

Mrs Kretschmer schnappte hörbar nach Luft. »Es ist zwecklos mit Menschen zu diskutieren, die gekauften Kuchen zu Veranstaltungen mitbringen.« Sie nickte den Jungen rasch zu. »Auf Wiedersehen.«

Als Mrs Kretschmer mit erhobenem Haupt von dannen gezogen war, räusperte sich Justus. »Wollen wir vielleicht für die weitere Besprechung auf die Veranda gehen?«

»Ich würde gerne mal eure Geheimzentrale sehen«, meldete sich Olivia zu Wort.

»Die ist aber geheim«, sagte Peter schnell.

»Davon habe ich gehört.« Olivia sah etwas enttäuscht aus.

»Wir müssen leider auch schon wieder los«, sagte Pamela Pushton-Parker. »Im Gegensatz zu Eunice habe ich echte Termine und Olivia soll mich begleiten. Außerdem muss ich dringend mit einer Sicherheitsfirma über eine bessere Alarmanlage sprechen.«

»Und der Fall?«, fragte Olivia.

»Ich erwäge, einen namhaften Detektiv zu engagieren.« Mrs Pushton-Parker sah die drei ??? besorgt an. »Nichts für ungut Jungs, aber die Sache klingt doch zu gefährlich für Schüler. Nicht, dass euch etwas passiert!«

Die drei ??? teilten sich erneut zum Telefonieren auf. Und dieses Mal hatten sie Glück. Sie erreichten bei dem zweiten Durchgang nicht nur deutlich mehr Personen, sondern bekamen dieses Mal auch wertvolle Informationen.

»Barbara hat mir einen Tipp gegeben«, berichtete Peter. »Auf dem Heimweg von der Schule hat sie in ihrem Viertel einen Polizeiwagen gesehen. Er hielt vor der Einfahrt einer Villa.«

»Und sie weiß genau, dass dort ein Einbruch stattgefunden hat?«, fragte der dritte Detektiv.

»Barbara hat die Neugierde nicht ausgehalten und gelauscht, als die Polizisten aus dem Haus kamen. Sie ist sich sicher, dass sie die Worte ›Einbrecher‹ und ›total verrückt‹ gehört hat.«

»Es ist fraglich, ob uns diese Spur weiterhilft«, sagte Justus. »Aber wir werden den Verdacht überprüfen. Hast du dir die Adresse gemerkt?«

»23 Playa Pedregosa. Das ist ganz in der Nähe vom Hillside Drive. Der Besitzer des Hauses heißt P. G. Swift.«

Justus holte eine kleine Schachtel mit bunten Pins aus der Schreibtischschublade. Dann markierte er die Einbruchshäuser auf dem Stadtplan.

»Ich habe übrigens noch eine Information.« Peter grinste breit. »Ein Surfkumpel von mir hat von seiner Oma gehört, dass bei ihnen in der Nähe ebenfalls eingebrochen wurde. Und zwar in ein ziemlich heruntergekommenes Haus. Auch dort hat der Einbrecher sauber gemacht. Einen staubigen Chevrolet Cavalier hat mein Kumpel da in der Gegend auch gesehen. Die Kinder aus seinem Nachbarhaus haben mit den Fingern Bilder in den Staub gemalt, daher ist ihm das dreckige Auto überhaupt aufgefallen.«

»Ausgezeichnet, Zweiter. Konnte dein Kontakt dir auch die genaue Adresse des Einbruchsopfers nennen?«

»Nein, aber er fragt bei seiner Oma nach.«

»Ich hatte leider keinen Erfolg«, gab Bob zu. »Allerdings haben mir alle versprochen, sich sofort zu melden, wenn sie etwas hören.«

»Von weiteren Einbrüchen und einem schmutzigen Auto habe ich leider auch nichts erfahren«, sagte Justus. »Einen anderen wichtigen Hinweis gab es allerdings: Die Straßen in der Nähe des Ynez Creeks sind zurzeit wegen der trockenen Hitze sehr staubig.«

»Die Straßen in den Küstenbergen doch auch«, meinte Peter. »Es hat seit einer halben Ewigkeit nicht mehr geregnet und der Wind hat Sand auf die Straßen geweht. Jeder, der dort fährt, kann hinterher sein Auto waschen.«

»Der Einbrecher war also vermutlich vor Kurzem irgendwo am Rand von Rocky Beach unterwegs«, schlussfolgerte Bob. »Oder er hat sein Auto wirklich lange nicht gewaschen.«

Justus sah auf seine Armbanduhr. »Ich habe Tante Mathilda versprochen, heute noch den Computer im Büro zu reparieren. Den Tatort an der Playa Pedregosa besuchen wir morgen früh. Vielleicht finden wir dort einen Hinweis, der uns weiterbringt.«

Auch nachdem Peter und Bob gegangen waren, dachte Justus ununterbrochen über den Fall nach. Als er den Computer wieder zum Laufen gekriegt hatte, rief er bei Olivia an. Sie freute sich, von ihm zu hören.

»Es muss eine Verbindung zwischen den Einbruchsopfern geben«, erklärte der Erste Detektiv. »Sagt dir vielleicht der Name P. G. Swift etwas?«

»Und ob«, antwortete Olivia. »Ich kenne ihn aus dem Country Club. Falls es in Rocky Beach so etwas wie eine Promi-Szene gibt, gehört er dazu. Er hat in ein paar Filmen mitgespielt, macht Sendungen über amerikanische Geschichte und tut so, als würde ihm der Country Club persönlich gehören.«

»Interessant«, sagte Justus.

Olivia lachte. »Interessant wäre jetzt nicht unbedingt das erste Wort, das mir zu ihm einfallen würde. Weltfremd passt besser zu Mr Swift.«

»Ich meinte eher die Tatsache, dass du ihn kennst«, räumte Justus ein. »Wir werden ihn morgen befragen.«

»Vielleicht hilft es, wenn ich mitkomme«, schlug Olivia vor. »Ich könnte ihm sagen, dass ihr Fans seid und Autogramme möchtet. Darauf springt er garantiert an.«

»Das klingt nach einem sinnvollen Vorgehen«, sagte Justus. Dann fiel ihm noch etwas ein: »Mrs Kretschmer und deine Mutter verstehen sich nicht gerade gut, oder?«

»Du hast es ja heute mitbekommen. Angeblich hat meine Mutter ihr Tagebuch geklaut und dann Teile daraus kopiert und ausgehängt. Mrs Kretschmer kann meine Mutter nicht ausstehen. Und meine Mutter findet Mrs Kretschmer unerträglich. Meinst du, sie hat etwas mit dem Fall zu tun?«

Justus lachte auf. »Ich glaube kaum.«

Sie redeten noch eine Weile, bis Tante Mathilda das Gespräch unterbrach und ihren Neffen dazu verdonnerte, sein Zimmer aufzuräumen.

Gegen elf Uhr ging Justus ins Bett. Er hatte das Gefühl, gerade erst eingeschlafen zu sein, als er hochschreckte. Etwas piepste auf seinem Schreibtisch. Es dauerte einen Augenblick, bis der Erste Detektiv realisierte, was es war. Er hatte vor einiger Zeit eine ausrangierte Alarmanlage umgebaut und so eingestellt, dass er informiert wurde, wenn jemand nachts die Zentrale betrat. Justus fuhr hoch. Ein Einbrecher war in ihrem Büro! Sofort war er hellwach. Er sprang schwungvoll aus dem Bett und schlüpfte in seine ausgetretenen Sportschuhe. So schnell er konnte, eilte er die Treppe hinunter, öffnete die Haustür und lief auf die Veranda. Dichte Wolken verdeckten den Mond. Ein paar trübe Lampen erhellten vereinzelte Ecken auf dem Schrottplatz, doch das Licht reichte nicht aus, um Genaueres zu erkennen.

Wenn es darauf ankam, konnte der Erste Detektiv erstaunlich flink sein. Er sprang von der Veranda und steuerte die Zentrale an. Als er das Kalte Tor erreichte, stand die Tür offen. Justus bremste ab. Er lauschte. War der Einbrecher noch in dem Campingwagen? Justus glaubte, etwas im Inneren zu hören, doch das Blut in seinen Ohren rauschte so laut, dass es die anderen Geräusche übertönte. Kurz entschlossen schlug er die Tür des Kühlschranks zu. Dann kippte er ein altes Regal davor. Krachend landete es auf dem Kühlschrank. Der Einbrecher war in der Zentrale gefangen! Es war nicht anzunehmen, dass er den Geheimtunnel im Boden entdeckte. Außerdem war der mal wieder mit alten Aktenordnern vollgestopft. Und die Dachluke konnte man gerade ebenfalls nicht benutzen.

Justus wischte sich die schmutzigen Hände an der Pyjamahose ab und grinste zufrieden. Zu spät hörte er die Schritte hinter sich. Als er sich umdrehte, nahm er aus den Augenwinkeln gerade noch eine Bewegung wahr. Dann folgte auch schon der Angriff.

Das Messer

Ein Fuß traf Justus in den Bauch. Der Erste Detektiv rang nach Luft. Punkte tanzten vor seinen Augen. Benommen taumelte er zur Seite, entging dadurch jedoch dem nächsten Angriff. Justus konnte kaum etwas erkennen. Sein Gegner war ganz in schwarz gekleidet und bewegte sich mit der Eleganz einer Raubkatze. Ein geschmeidiges Manöver schien geradewegs aus dem Nichts zu kommen. Offenbar beherrschte der Angreifer eine asiatische Kampfsportart – und das ziemlich gut. Justus duckte sich, musste aber einen harten Schlag auf die Schulter einstecken. Er ging auf die Knie. Kampfsport war nicht seine Stärke und der Gegner hatte ihn vollkommen unvorbereitet erwischt. Der Erste Detektiv rollte seitlich ab. Er versuchte, das Hosenbein des Angreifers zu erwischen. Seine Finger streiften ganz kurz den schwarzen Stoff, um dann doch ins Leere zu greifen. Die dunkle Gestalt schnappte sich einen Gegenstand, der am Boden lag, und sprintete in Richtung Straße. Die schmale Silhouette verschwand in der Dunkelheit.

Justus rappelte sich schnaufend auf. Während er in einen schleppenden Trab fiel, rieb er sich mit der rechten Hand die schmerzende Schulter. So würde er den Einbrecher nicht erwischen. Er holte noch einmal tief Luft und zwang sich zu einem Sprint. Keuchend sauste er an den dunklen Schrottbergen vorbei zum Ausgang. Das große Eisentor stand offen. Justus' Atem ging rasselnd. Trotzdem versuchte er, sich auf das Starten eines Motors zu konzentrieren. Aber es blieb still. Irgendwo in der Ferne bellte ein Hund. Justus fühlte sich elend. Seine Magengrube pochte, seine Schulter ebenfalls. Er hatte Seitenstechen. Der Erste Detektiv schleppte sich zur Zentrale zurück. Es kostete ihn einige Kraft, das Regal wieder vom Eingang wegzuschieben. Dann betrat er das Büro der drei ???. Seine Finger fanden den Lichtschalter ohne Mühe. Grell flackerte das Deckenlicht auf.

Das Erste, was Justus sah, war das schaurige Ding auf dem Schreibtisch: Ein Messer steckte mitten in der Tischplatte. Feine rote Tropfen lösten sich von der glänzenden Klinge und fielen hinab auf das Holz. Justus machte einen Schritt in den Raum hinein. Die Karte von Rocky Beach baumelte in Fetzen von der Wand. Der Platz, an dem vor ein paar Stunden noch der Staubwedel und der Becher gelegen hatten, war jetzt leer. Die Akte zum Fall fehlte ebenfalls. Jetzt ahnte Justus, was in dem Beutel gewesen war, den die schwarze Gestalt bei der Flucht aufgehoben hatte. Jemand hatte die Beweisstücke aus der Zentrale gestohlen! Außerdem hatte der Einbrecher die blutige Warnung hinterlassen. Justus ließ sich ächzend auf den

Schreibtischstuhl fallen. Das Messer zog er nicht aus der Tischplatte. Er musste es erst fotografieren und dann auf Fingerabdrücke untersuchen. Danach würde er sich die rote Flüssigkeit vornehmen. Der Erste Detektiv rieb seine Schulter. Zum Glück ebbte der Schmerz langsam ab. Justus konzentrierte sich auf seinen Atem. Er holte tief Luft durch die Nase und ließ sie langsam durch den Mund entweichen. Diese Prozedur wiederholte er, bis er ganz ruhig war. Danach stand er auf. Die Arbeit konnte losgehen.

Er holte sich dünne Plastikhandschuhe und einen Fotoapparat aus dem Labor. Sehr sorgfältig machte er sich ans Werk. Zuerst waren die Tatort-Fotos dran, danach sicherte Justus die rot beschmierte Klinge mit einer Folie, um anschließend den Griff des Messers mit Grafitpulver einzupinseln. Auf diese Weise konnte man Fingerabdrücke sichtbar machen – zumindest, wenn welche vorhanden waren. Der Einbrecher hatte jedoch offenbar Handschuhe getragen und nicht einen einzigen Abdruck hinterlassen. Auch gab es dieses Mal keine Rückstände von Reinigungsmittel.

Justus erhob sich von seinem Stuhl und wechselte den Raum, um die rote Flüssigkeit zu untersuchen. Der Test, den er nun in dem winzigen Labor der drei ??? durchführte, war nicht ganz einfach. Es galt, Hämoglobin nachzuweisen – den Farbstoff der roten Blutkörperchen. Zuerst musste er dafür ein paar Tropfen des vermeintlichen Blutes auf ein dünnes Glasplättchen geben. Dann öffnete Justus das zerbeulte Metallschränkchen, in dem sich die Chemikalien für die Spurensicherung befanden.

Der Erste Detektiv schnappte sich einen kleinen Plastikeimer und entnahm Natriumsalz. Nachdem er es fein gerieben hatte, vermischte er es mit den roten Tropfen. Nun kam der gefährliche Part: Justus musste ätzende Essigsäure einsetzen. Auf keinen Fall durfte die Säure auf seine Haut oder gar in seine Augen gelangen. Justus setzte die große Schutzbrille auf, die zur Grundausrüstung im Labor gehörte. So ruhig wie möglich tropfte er die richtige Menge auf den Glasträger. Doch damit war er noch längst nicht fertig. Jetzt kam der Bunsenbrenner zum Einsatz. Es galt, die Mischung zu erhitzen, dann wieder abkühlen zu lassen und das Ergebnis unter dem Mikroskop zu untersuchen.

Die kleine Uhr über dem Tisch tickte leise vor sich hin, während Justus arbeitete. Der Erste Detektiv gähnte, als er endlich fertig war. Nach einer so intensiven Spurensicherung hatte er sich ein paar Stunden Schlaf redlich verdient.

»In unsere Zentrale wurde jetzt auch eingebrochen?«, rief Peter, als Justus seinen Freunden am Sonntagmorgen von den Erlebnissen der Nacht erzählte.

»Ein blutiges Messer ist aber noch mal ein ganz anderes Kaliber als ein Kaffeebecher«, fand Bob.

»Allerdings!«, bestätigte Peter. »Das ist eine eindeutige Drohung! Wenn wir weiter ermitteln, geht es uns schlecht.«

Bob besah sich die Waffe. Justus hatte sie auf den Tisch gelegt. »Ein teures Stück.«

»Und noch dazu extrem unheimlich«, fand Peter. »Wir sollten das wirklich lieber der Polizei melden. Immerhin klebt da Blut dran.«

»Es ist kein Blut«, sagte Justus. »Das konnte ich schon mithilfe eines Hämoglobintests nachweisen.«

»Es sieht aber sehr, sehr echt aus«, wandte Peter ein.

»Mit etwas Speisestärke und Lebensmittelfarbe bekommt man das auch so hin«, erklärte Bob. »Ich habe das letztes Halloween ausprobiert. Es war super ekelig.«

Justus nickte langsam. »Jemand will uns Angst machen. Die Frage ist, ob es sich dabei um den bisherigen Einbrecher handelt oder um eine andere Person. Derzeit ist die Zentrale eher dürftig getarnt. Wenn man weiß, wonach man suchen muss, kann man den Wohnwagen entdecken. Wir müssen dringend wieder neuen Schrott aufschichten.« Der Erste Detektiv stand auf und deutete auf den zerrissenen Stadtplan. »Fest steht, dass die Einbruchsmethode von den vorherigen Tatorten abweicht. Der Täter ist in der Zentrale viel brutaler vorgegangen – Zerstörungswut statt Reinigungsfimmel. Dazu klingelte nicht ein einziger Wecker und es gab keine Botschaft.«

»Vermutlich, weil der Einbruch bei uns eine eindeutige Aussage hat – ganz im Gegenteil zu den anderen Einbrüchen: Wir sollen aufhören, zu ermitteln.«

»Sollen wir darauf hören?«, fragte Peter.

»Natürlich machen wir weiter«, versicherte Justus in einem Tonfall, der an Tante Mathildas Befehle erinnerte. »Das ist nicht die erste Drohung, die wir im Laufe unserer Detektivkarriere erhalten haben.«

»Aber vielleicht die letzte«, sagte Peter düster.

»Wir geben doch nicht so schnell auf.« Justus sah seine Kollegen herausfordernd an. »Es gibt weitere Spuren zu verfolgen – zum Beispiel bei Mr Swift.«

»Meinetwegen«, lenkte Peter ein. »Aber sagt hinterher nicht, ich hätte euch nicht gewarnt.«

»Ich übernehme die volle Verantwortung«, sagte Justus großspurig.

»Nun gut, dann machen wir weiter.« Peter kramte einen Zettel aus der Hosentasche. »Erinnert ihr euch an die Oma meines Surfkumpels, die von einem Einbruch gehört hat? Sie hat ihm die Adresse gegeben.« Peter sah auf den Zettel. »Das Einbruchsopfer heißt Bennet Owens und wohnt in der Anchor Street 9.«

»Wunderbar!« Justus zog erfreut die Mundwinkel hoch. »Dann sollten wir uns aufteilen. Olivia und ich gehen zu Mr Swift und ihr beide nehmt euch Mr Owens vor.«

Bennet Owens wohnte in einer kleinen Straße, die von der Las Tunas Street abging. Viele der Häuser waren heruntergekommen. Es gab weder die penible Ordnung aus der Wohngegend der Mulligans noch den perfekten Luxus aus dem Villenviertel. Bennet Owens besaß ein einfaches Holzhaus, von dem die graue Farbe abblätterte. Ein Hirschgeweih thronte über der Tür. Sämtliche Rollos waren heruntergelassen. Im halb offenen Briefkasten steckten mehrere Briefe und die Sonntagsausgabe der *Rocky Beach Today*.

»Sieht nicht so aus, als wäre er da.« Bob drückte trotzdem die Klingel.

Peter blickte sich prüfend um. »Ich glaube –« Ein Schrei ertönte. Der Zweite Detektiv zuckte zusammen. »Was war das?«

»Pst!« Bob lauschte angestrengt. Ein weiterer Schrei erklang. Dieses Mal langgezogener und etwas höher.

»Das kam aus dem Garten!« Schon setzte sich Peter in Bewegung. Das hohe Gartentor aus Holzbrettern war kein echtes Hindernis für ihn. Er zog sich hoch und schwang die Beine hinüber. Schwungvoll landete er auf der anderen Seite. Er federte den Aufprall mit den Knien ab und lief fast gleichzeitig los. Mit wenigen Sätzen umrundete er die Hausecke und sprintete auf eine trockene Rasenfläche. Hier war niemand. Irgendwo links hinter ihm rumpelte es. Peter hörte ein Ächzen. Anscheinend hatte Bob Probleme, über den Zaun zu gelangen. Aber darum konnte sich der Zweite Detektiv jetzt nicht kümmern. Er hatte die Terrassentür entdeckt, die einen Spalt offen stand. Auch hier waren alle Rollos heruntergelassen. Durch den Spalt sah Peter in einen düsteren Raum. Er atmete tief durch und betrat die Terrasse. Es widerstrebte ihm, das Haus zu betreten. Aber vielleicht war dadrinnen ein Mensch in Not. Außerdem hatte er ja Verstärkung – auch, wenn die auf sich warten ließ. Peter fasste sich ein Herz und stieß die Tür auf. Sie gab ein hässliches Quietschen von sich. Stickige Luft schlug ihm entgegen. Sollte er etwas rufen? Er zögerte kurz, dann betrat er das Zimmer. Seine Augen mussten sich erst vom hellen Sonnenlicht auf das Zwielicht umstellen. Ein kaum hörbares »Hallo?« kam über seine Lippen. Fast gleichzeitig klappte die Tür mit einem weiteren Quietschen hinter ihm zu. Das Zwielicht wandelte sich schlagartig in eine undurchdringliche Finsternis. Das »Ist jemand da?« blieb ihm im Hals stecken, als etwas über sein Gesicht streifte. Peter riss die Hand hoch und tastete danach. Seine Fingerspitzen fühlten Federn und … Knochen? Der Zweite Detektiv war so abgelenkt, dass er über etwas am Boden stolperte. Erschrocken tastete er danach. Das war eindeutig ein Mensch – ein regungsloser Mensch. Peters Herz begann zu rasen. War er über einen Toten gestolpert?

Amerikanische Autogrammstunde

Justus holte Olivia am Haus der Pushton-Parkers ab. Von dort aus war der Weg zu der kleinen Seitenstraße Playa Pedregosa nicht mehr weit. Bei der Nummer 23 handelte es sich um ein stattliches weißes Haus im Stil einer altmodischen Südstaatenvilla. Justus erkannte das Gebäude sofort wieder. Schon oft hatte er beim Vorbeifahren einen Blick durch den hohen Metallzaun geworfen. Die Beete waren farblich so angelegt, dass sie das Motiv der amerikanischen Flagge abbildeten – mit roten, weißen und blauen Blumen. Es gab einen Brunnen in Form einer Freiheitsstatue. Justus blinzelte, aber es war keine Täuschung. Die Statue trug das Gesicht von Mr Swift. Justus hatte bereits am Morgen ein paar Artikel über den Schauspieler gelesen, um sich vorzubereiten. Schließlich wollte er auf überzeugende Weise einen Fan darstellen.

Das gelang ihm kurz darauf auch ausgesprochen gut, was

P. G. Swift in gute Laune versetzte. Er war ein durchtrainierter Mann mit gebräunter Haut, rotbraunen Haarwellen und einem Bart, der vor hundertfünfzig Jahren sicherlich mal der letzte Schrei gewesen war. Nachdem Justus beteuert hatte, dass sein Auftritt in dem Bürgerkriegsdrama »Glorreiche Helden« oscarverdächtig war, strahlte der Mann bis über beide Ohren. »Es erfüllt mich mit Stolz, wenn ich junge Menschen für unsere Geschichte interessieren kann«, sagte er, während er sie ins Haus führte.

»Etwas sehr patriotisch, der Gute«, sagte Justus leise zu Olivia, als sie die imposante Eingangshalle betraten. Der Erste Detektiv konnte sich nicht entscheiden, was absurder war: eine Reihe von Gemälden, die Mr Swift neben den Präsidenten der USA zeigten, oder eine Standuhr, die pünktlich zur vollen Stunde die Nationalhymne spielte. Der kurze Gang durchs Haus endete in einem Raum, der einem Museum glich. Es gab zahlreiche Vitrinen mit Gewehren aus dem Bürgerkrieg, vergilbten Fotos, Schreibfedern und Tintenfässchen, Pergamentrollen, alten Fernrohren und Taschenuhren, die vermutlich berühmten Persönlichkeiten gehört hatten.

Mr Swift quittierte Justus' aufmerksame Blicke mit einem stolzen Lächeln. »Imposant, nicht wahr? Der Briefbeschwerer dort hat Thomas Jefferson gehört, dem dritten Präsidenten unseres Landes.«

»Faszinierend«, gab Justus zurück.

»Ich besitze auch mehrere Cadillac-Oldtimer, die den Modellen der Präsidenten entsprechen«, berichtete Swift.

»Stimmt es, dass Sie sogar ein original Motorrad der US-Armee aus dem Zweiten Weltkrieg ersteigert haben?«, fragte Olivia mit gespieltem Interesse. Schon geriet Mr Swift voller Begeisterung ins Erzählen.

Der Erste Detektiv stöhnte innerlich. Angestrengt überlegte er, wie er das Thema unverfänglich auf den Einbruch lenken konnte. Die Gelegenheit dazu ergab sich, als Mr Swift Justus eine frisch signierte Autogrammkarte in die Hand drückte. »Haben Sie eigentlich einen Bodyguard, um sich vor neugierigen Fans und aufdringlichen Reportern zu schützen? Ich habe gehört, dass manche Leute sogar den Müll von Prominenten durchwühlen.«

»Igitt«, entfuhr es Mr Swift. »Eine abscheuliche Vorstellung. Aber es erklärt einiges!« Sein Gesicht nahm einen nachdenklichen Ausdruck an. »Es wurde gerade erst bei mir eingebrochen. Da nichts gestohlen wurde, konnte ich mir keinen Reim auf die Sache machen. Auf meinem Küchentisch lagen lediglich ein paar Gummihandschuhe. Die hat der Täter wohl benutzt, um meinen Ascheimer zu inspizieren.« Er schüttelte sich bei dem Gedanken.

Justus und Olivia tauschten einen vielsagenden Blick. Sie waren auf der richtigen Spur.

Peter spürte, dass ihm schwindelig wurde. Er atmete tief ein und wieder aus. Die Dunkelheit um ihn herum war erdrückend. War noch eine dritte Person im Raum? Jemand, der mit Nachtsichtgerät durch die Finsternis streifte, während er nicht einmal die Hand vor Augen sehen konnte? Der Zweite Detektiv versuchte, sich auf die Geräusche um ihn herum zu konzentrieren. Die Terrassentür quietschte.

Es wurde kurz hell, dann wieder dunkel. »Hallo?«

Die Stimme klang vertraut. Peter fiel ein Stein vom Herzen. Ratternd schoss ein Rollo nach oben, dann ein zweites. Die Helligkeit schmerzte in den Augen. Bob stand neben den Fenstern. Und da hing tatsächlich ein Mobile aus Federn und kleinen Knochen von der Decke. Der Zweite Detektiv blinzelte und erspähte Kerzen, Räucherstäbchen und bunte Holzstäbe. Direkt vor ihm lag ein Mann auf dem Boden. Er hatte wirre dunkelblonde Haare und sah alles andere als gesund aus. Allerdings war er nicht tot. Seine Augenlider flackerten, dann verzog er den Mund und stöhnte. Er lag in einer roten Lache. Bob war mit wenigen Schritten bei ihm, während Peter sich nach einem möglichen Angreifer umsah. »Wir müssen einen Krankenwagen rufen!«

»Ich glaube nicht«, sagte Bob. Er ging in die Knie und tätschelte vorsichtig die Wange des Mannes. »Können Sie mich hören, Sir?«

»Lass mich schlafen«, brummte der Mann.

»Er blutet!«, krächzte Peter.

»Das ist Rotwein.« Der dritte Detektiv hob eine Flasche auf, die hinter dem Mann am Boden lag. Peter hatte sie in seiner Aufregung nicht gesehen.

»Was habt ihr …«, der Mann ächzte, »… in meinem Wohnzimmer verloren?«

»Wir wollen Ihnen helfen«, versuchte Bob es erneut.

»Helfen? Ihr könnt ja nicht mal klingeln«, murmelte der Mann benommen.

»Wir haben geklingelt und niemand hat aufgemacht.« Bob sah besorgt zu Peter hinüber. »Und dann haben wir vom Garten her Schreie gehört.«

Während er noch sprach, sprang eine rot getigerte Katze lautlos durch die offene Terrassentür ins Zimmer. Sie huschte an den Jungen vorbei und verschwand unter dem Sofa.

»Keira schreit manchmal rum.« Der Mann wurde langsam wacher, machte jedoch keine Anstalten aufzustehen.

»Ihre Frau?«, fragte Peter.

»Die Katze«, vermutete Bob.

»Richtig.« Der Mann drehte sich zur Seite und stöhnte auf. Wie zur Bestätigung gab Keira ein lang gezogenes »Mäüöööööö« von sich. Sie war mit einem Satz bei ihrem Besitzer und strich an dessen Beinen entlang.

Bob machte ein betroffenes Gesicht. »Es tut uns leid, dass wir einfach so in Ihr Haus reingekommen sind, aber wir dachten wirklich, dass jemand in Not ist.«

»Bin ich ja auch.« Der Mann rollte sich auf die Seite. »Meine Exfrau hat gestern wieder geheiratet. Einen Geschäftsmann aus Malibu.«

»Nun ja, das ist nicht unbedingt ein Notfall …«, setzte Peter an, doch ein Blick des Mannes brachte ihn zum Schweigen.

»Warst du mal verheiratet?«

Peter musste wider Willen lachen. »Nein.«

»Dann kannst du das auch nicht beurteilen.« Der Mann setzte sich nun doch auf. Er blickte zur Terrassentür. »Eben war es noch Nacht.«

»Wir könnten Ihnen einen Kaffee von der Tankstelle holen, Sir«, bot Bob an.

»Nein, ich setze selbst einen auf. Der Kaffee von der Tankstelle ist furchtbar.« Sehr langsam erhob er sich. Er schwankte etwas, bevor er sein Gleichgewicht fand.

»Sind Sie Mr Owens?«, wollte Bob wissen.

»Ich schaue mal kurz auf meinen Ausweis.« Der Mann kratzte sich nachdenklich am Bauch. Dann sagte er: »War nur ein Scherz. Der bin ich.«

»Sehr gut, wir sind nämlich Detektive«, erklärte Bob. »Gerade ermitteln wir in einem Fall, zu dem wir Sie befragen wollten.«

»Detektive?«

»Sie können gerne Inspektor Cotta vom Police Department Rocky Beach anrufen. Er kann ihnen bestätigen, dass wir an der Aufklärung einer Einbruchserie dran sind.«

»Nein danke.« Mr Owens schlurfte zu einer halb offenen Tür. »Wundert euch nicht über diesen ganzen Schrott hier. Mein Untermieter ist Schamane. Er ist aber gerade im Urlaub und hat keine Zeit, böse Geister zu vertreiben.«

Peter blickte zu Bob. Wenn hier noch jemand wohnte, hatte der Einbruch möglicherweise gar nicht Mr Owens gegolten.

»Kommen wir nun zum Grund unseres Besuchs«, sagte Bob, während Mr Owens Fertigpulver in einen Becher löffelte. »Wir sind einem ungewöhnlichen Einbrecher auf der Spur und haben gehört, dass auch bei Ihnen eingebrochen wurde.«

»Ungewöhnlich ist gut.« Mr Owens wirkte plötzlich amüsiert. »Als ich am Mittwochmorgen von der Nachtschicht bei der Tankstelle an der Parkersten Street heimkam, hatte jemand meinen Wohnzimmertisch aufgeräumt und abgewischt. Darauf lag ein Blatt Papier.« Er stand auf und ging zu einer Kommode. »Ich habe das Kunstobjekt aufbewahrt.«

»Haben Sie es denn nicht der Polizei übergeben?« Bob lehnte sich an den Türrahmen.

»Ich habe die Polizei gar nicht verständigt. Es gab schließlich nichts aufzuklären.«

»Jemand ist bei Ihnen eingebrochen, hat geputzt und ein Papier hinterlassen«, sagte Peter. »Wenn das kein Grund ist, die Polizei zu rufen.«

»Es wurde nichts geklaut«, entgegnete Owens. Er deutete auf seinen Kühlschrank. Daran klebte ein Blatt Papier: eine Filzstiftzeichnung von einem Pferd. Es trug Sattel und Zaumzeug und starrte gelangweilt ins Leere.

»Es sieht aus wie das Werk eines Kindes«, fand Bob. »Ist denn sonst noch etwas passiert? Ein falsch eingestellter Wecker zum Beispiel?«

»Bist du Hellseher?«

»Ihr Wecker hat also tatsächlich nachts geklingelt?«

»Nein, zu früh am Morgen«, gab Mr Owens zurück. »Ich nutze gerade den Wecker von meinem Untermieter. Meiner ist kaputt. Habe wohl vergessen, ihn auf meine Weckzeit umzustellen.« Er rieb sich die Augen. »Aber woher weißt du jetzt davon?«

»Es könnte mit dem Einbruch bei Ihnen zusammenhängen«, erklärte Bob. »Befand sich zufällig ein Text am Wecker?«

Mr Owens blickte auf. »Das wisst ihr auch? Ich dachte, es wäre irgendein schamanischer Blödsinn mit Zeichen und Dämonen und Wahrheit und so. Vermutlich eine Beschwörung oder etwas in der Art.«

»Vielleicht war der Text tatsächlich für Ihren Mitbewohner gedacht«, überlegte Peter laut. »Dann war das Bild natürlich auch für ihn.«

»Vermutlich. Er hat ja täglich mit Spinnern zu tun. Aber bedrohlich finde ich das nicht. Man gewöhnt sich mit der Zeit daran.« Mr Owens füllte an der Spüle seinen Wasserkocher. »Und gegen etwas Sauberkeit habe ich auch nichts. Früher hatte ich eine Haushaltshilfe. Aber da habe ich auch noch in einer Villa in den Küstenbergen gewohnt und war ein super erfolgreicher Typ.«

Bob runzelte die Stirn. Peter fand es auch schwer, sich den Mann als Villenbesitzer vorzustellen.

»He, guckt mich nicht so betroffen an«, protestierte Mr Owens. »Der Job als Anwalt war eh zu stressig, mein Segelboot habe ich so gut wie nie genutzt und die Mitgliedschaft im Country Club war eigentlich auch mehr eine lästige Pflicht.« Er rieb sich die Stirn. »Okay, die Scheidung war mies. Also lasst euch das eine Lehre sein und heiratet bloß niemals.«

»Sie waren Mitglied im Country Club«, sagte Bob nach

kurzem Schweigen. »Dann kennen Sie vielleicht Mrs Pushton-Parker?«

Mr Owens sah auf. »Meinst du Pamela Pushton-Parker? Sie und ihr Mann Neil sind sehr wichtige Mitglieder des Country Clubs. Wir haben früher zusammen das Sommerturnier der Golfer organisiert.«

»Kennen Sie eventuell auch Louise und Edgar Mulligan?«

Mr Owens rieb sich weiter die Stirn, während der Wasserkocher leise Blubbergeräusche von sich gab. »Mulligan? Der Name sagt mir nichts.«

Das Telefon klingelte. Owens stöhnte und nahm den Hörer ab. Er redete kurz mit der Person am anderen Ende der Leitung, dann legte er wieder auf. »Jungs, ich muss nachher eine Zusatzschicht in der Tankstelle übernehmen. Ein Kollege ist krank geworden.«

»Dann gehen wir wohl besser, damit Sie sich noch etwas hinlegen können«, sagte Bob höflich. »Ich lasse Ihnen unsere Karte da, falls Ihnen noch etwas einfällt.«

Recherchen und Anleitungen

Es war ein guter Tag gewesen. Sowohl Mr Owens als auch Mr Swift hatten den drei ??? bereitwillig Auskunft erteilt. Trotzdem hatte Bob am Abend schlechte Laune. Auf dem Heimweg trat er energisch in die Pedale. Tief in Gedanken versunken sauste er durch die Dämmerung. An einer roten Ampel musste er eine Vollbremsung hinlegen, weil er sie erst im letzten Augenblick wahrnahm. Bobs Ärger verrauchte etwas. Es gab keinen Grund, sich selbst in Gefahr zu bringen. Eigentlich gab es noch nicht einmal einen Grund für schlechte Laune. Die Besuche an den Tatorten waren erfolgreich gewesen und Bobs Notizbuch war voll mit neuen Informationen. Auch die anschließende Besprechung mit Justus, Peter und Olivia war gut verlaufen – wenn man davon absah, dass Olivia ständig über Peters Kommentare gelacht und ihm viel zu viel Beachtung geschenkt hatte. Bob gestand es sich nur ungern ein, aber er war eifersüchtig. Um sich abzulenken, dachte er an den Fall. Die Einbruchsopfer waren in Bezug auf Alter, Einkommen,

Wohnsituation und Lebenseinstellung recht unterschiedlich. Aber drei von ihnen hatten eine Verbindung zum Country Club – falls der Einbruch bei Mr Owens nicht seinem Untermieter gegolten hatte.

Erst, als Bob das Rad in die Garage schob, fiel ihm siedend heiß etwas ein: Er hatte eine Verabredung mit seinem Vater! Der wartete im Arbeitszimmer auch schon zwischen losen Regalbrettern und aufgeklappten Bauanleitungen auf ihn.

»Entschuldige, es hat etwas länger gedauert«, setzte Bob an.

Doch sein Vater winkte lächelnd ab. »Lass mich raten: Ihr habt wieder einen Fall?«

»Ja, das haben wir.« Bob hob eine der Anleitungen vom Boden auf. Obwohl es sich bei dem Büro-Element *Vägsjöfors* nur um ein einfaches Bücherregal handelte, versprachen die Abbildungen einen komplizierten Aufbau. »Kennst du zufällig Leute aus dem Country Club?«

»Sollte ich?« Mr Andrews schmunzelte.

»Na ja, vielleicht hast du ja mal einen Artikel über jemanden geschrieben«, überlegte Bob. Sein Vater arbeitete für die *Los Angeles Post*, eine große Tageszeitung in der nahe gelegenen Metropole. Angefangen hatte er jedoch in der Redaktion der *Rocky Beach Today*. Daher kannte er sich auch in der Kleinstadt besonders gut aus.

»Ich glaube, ich musste vor Jahren mal einen Bericht über das Sommerfest des Clubs übernehmen«, sagte Mr Andrews. Er suchte in einer durchsichtigen Plastiktüte nach einer passenden Schraube.

»Wahrscheinlich ist es eh nicht wichtig«, sagte Bob. Er seufzte. Sie arbeiteten kurz schweigend weiter, bis Bobs Vater plötzlich aufsah. »Ich glaube, ich erinnere mich jetzt doch an etwas. Als ich noch bei der *Today* war, gab es mal einen Überfall im Club. Ein Kollege von mir hat damals darüber berichtet und wurde verklagt, weil er die Namen in seinem Artikel nicht abgeändert hatte.«

»Ein Überfall? Das würde ich gerne überprüfen«, meinte Bob.

»Hm.« Mr Andrews blickte verstimmt auf die Bauanleitung. »Man könnte meinen, der Hersteller hat es sich zur Aufgabe gemacht, weltweit Menschen in den Wahnsinn zu treiben.«

Bob spähte zum Computer seines Vaters hinüber. »Darf ich kurz etwas recherchieren? Es geht ganz schnell!«

Mr Andrews zögerte. »Ich würde das wirklich gerne fertig machen. Aber …«

Bob unterdrückte ein Grinsen. Sein Vater war Journalist mit Leib und Seele. Wenn einer nachvollziehen konnte, wie wichtig die Recherche für Bob war, dann er.

»… mach nur«, beendete Mr Andrews seinen Satz.

Schon flitzte der dritte Detektiv an den Rechner. Während sein Vater stöhnend nach einem Holzdübel suchte, flogen Bobs Finger förmlich über die Tastatur. Kurz darauf hatte er gefunden, was er suchte. »Das war vor zehn Jahren …«, setzte er an und verstummte. Zehn Jahre! Davon war auch in dem seltsamen Text auf den Weckern die Rede gewesen. War das ein Zufall oder hatte er gerade einen entscheidenden Hinweis gefunden?

»Ein Taschendieb hat damals für Unruhe im Country Club gesorgt«, berichtete Bob, während er den Text überflog. »Schließlich wurde eine Frau direkt im Clubhaus überfallen.« Bob stockte erneut. Er las den Namen zwei Mal, bevor er ihn aussprach. »Pamela P.« Die Sache verdichtete sich gerade! Das war ein Artikel über Pamela Pushton-Parker, Olivias Mutter! Wie elektrisiert fuhr Bob fort: »Der Dieb hat ihr das Diamantencollier vom Hals gerissen und ist unerkannt entkommen. Kurz darauf hat die Polizei einen jungen Mann namens Canyon B. überführt. Er gehörte damals zum Reinigungsteam des Clubs und die Beute aus den Taschendiebstählen war in seinem Spind aufgetaucht.«

»Der Fall ist dann wohl gelöst.« Mr Andrews schmunzelte. »Für euch gibt es nach so vielen Jahren nichts mehr zu tun.«

Bob suchte nach weiteren Artikeln, fand jedoch keinen. Die Zeitungen aus der Region hatten anderen Themen den Vorzug gegeben – von einem Museumsdiebstahl im nahe gelegenen Hollywood bis hin zu einer Prominentenhochzeit im Jachthafen. Die Suche nach dem Verbleib von Canyon B. gestaltete sich ebenfalls schwierig. Bob vermutete, dass man ihn zu einer Gefängnisstrafe verurteilt hatte. Ob er nach seiner Freilassung mit einem Racheplan zurückgekehrt war?

Bob brannte darauf, mit seinen Freunden zu reden. Nachdem er seinem Vater geholfen hatte, das Regal aufzustellen, lief er zum Telefon. Allerdings hatte er kein Glück. Ausgerechnet jetzt erreichte er keinen von ihnen. Bestimmt hatte sich Peter zu einem Strandspaziergang mit Olivia verabredet und Justus arbeitete hoch konzentriert an seinem Referat über Albert Einstein und die vierdimensionale Raumzeit. Bob wusste aus Erfahrung, wie das enden würde: Die Klasse verstand nichts und die Lehrerin wurde auf eine harte Probe gestellt, während Justus begeistert mit Fakten, Formeln und Theorien jonglierte.

Was das Referat betraf, sollte Bob recht behalten. Am Montagmorgen hielt Justus im Physikunterricht einen Vortrag, der die Köpfe rauchen ließ. Bob beneidete Peter, der einen deutlich leichteren Kurs besuchte. Justus dozierte über die Dimension der Zeit, wobei die Uhr im Klassenraum unerträglich langsam tickte. Bob wollte endlich von seinen Ermittlungsergebnissen erzählen und er wollte die erstaunten Gesichter seiner Freunde sehen.

Der dritte Detektiv musste bis nach der letzten Stunde damit warten. Nach Bobs Bericht ließ sich Justus dann immerhin zu einem »Hervorragend!« herab. Das war für seine Verhältnisse eine große Auszeichnung.

»Na bitte, wir haben den Täter, Leute«, sagte Peter zufrieden. »Wir müssen nur diesen Canyon B. finden und ihn davon abhalten, Zeichen zu setzen und Dämonen zu beschwören. Der Fall ist so gut wie gelöst!«

Justus hob mahnend die Hand. »Nicht so voreilig. Schnelle Schlüsse führen oft in eine Sackgasse, Zweiter. Nicht immer sind die Dinge so, wie sie auf den ersten Blick scheinen.«

»Die Wahrheit ist vierdimensional«, sagte Bob, dem das Referat noch im Kopf herumspukte.

»Das habe ich so nicht gesagt«, wandte Justus ein. »Aber es ist eine interessante Theorie.«

Bob klappte sein Notizbuch auf. »Die Botschaft des Einbrechers beschäftigt sich mit falschen Aussagen. Er schreibt: *Das unerträgliche Ticken der Lüge hat ein Ende, wenn die Stunde der Wahrheit schrillt.* Danach geht es um *Erinnerung, Verschwiegenheit* und *die wahren Dämonen.*« Bob sah zu seinen Freunden auf. »Für mich klingt das nicht nach jemandem, der sich ärgert, weil er nach einem Verbrechen erwischt worden ist.«

»Das stimmt«, sagte Justus. »Es klingt nach jemandem, der eine düstere Wahrheit kennt.«

Fragen, Antworten und neue Fragen

Es dauerte eine Weile, bis sich die drei ??? auf einen Plan geeinigt hatten. Peter sollte mit Mrs Mulligan über den Vorfall im Country Club reden, Justus bei Olivia anrufen und Bob das Gespräch mit Mr Owens suchen. Insbesondere erhofften sie sich, den Nachnamen des Täters zu erfahren – was die Recherche erheblich erleichtern würde.

Da er bei der ausgemachten Aufgabenverteilung keinen Grund zur Eifersucht hatte, fuhr Bob beschwingt zur Tankstelle an der Parkersten Street. Mr Owens stand mit ordentlich gekämmten Haaren hinter dem Tresen und erledigte mechanisch seinen Job. Bob wartete, bis der Kunde vor ihm bezahlt hatte und zur Tür ging.

»Oh, du bist es. Du willst hoffentlich keinen Kaffee kaufen. Der ist wirklich schlecht.«

Bob lächelte. »Es geht darum.« Er reichte Owens den Ausdruck des Artikels aus der *Rocky Beach Today.* »Können Sie sich zufällig an diesen Vorfall erinnern?«

»Oh ja.« Mr Owens nickte bekräftigend, nachdem er einen Blick auf die Überschrift geworfen hatte. »Damals hatten wir einen Taschendieb im Club. Er hat in der Garderobe des Clubs zugeschlagen, in der Bar und bei den Golfturnieren. Uhren, Schmuck und Geldbörsen verschwanden. Mir wurde ein teures Portemonnaie mit etwas Bargeld gestohlen.«

»Wissen Sie auch mehr über den Überfall im Clubhaus?«

Mr Owens seufzte. »An dem Abend waren nur noch wenige Leute im Club. Wir saßen zusammen, um die Pläne für das anstehende Golfturnier zu besprechen. Ich glaube, wir haben letztendlich mehr über den Taschendieb geredet als über das Turnier. In einer Pause wurde eine Frau aus der Gruppe dann im Flur überfallen.«

»Mrs Pushton-Parker«, sagte Bob.

»Richtig. Ein vermummter Dieb riss ihr die Kette vom Hals und schubste sie anschließend so heftig, dass sie die Treppe hinabstürzte.«

»Das hätte böse ausgehen können.«

»Sie hat großes Glück gehabt«, fand auch Mr Owens. »Sie hat sich nur den Fuß verstaucht. Als die Polizei kam, konnte sie gleich ihre Aussage machen. Sie hatte nämlich bemerkt, dass der Täter nach Zitrusreiniger roch und blaue Plastikhandschuhe trug.«

Bob ließ den Kugelschreiber sinken. »Ein ziemlich eindeutiger Hinweis auf das Reinigungspersonal.«

»Das dachte die Polizei auch«, bestätigte Mr Owens, »und ging dem sofort nach. An dem Abend war nur eine Putzkraft im Haus. In seinem Spind im Personalraum fanden sie die komplette Beute der Taschendiebstähle. Die Kette hingegen lag in seinem Putzeimer. Plötzlich ging uns auf, dass es schon vorher immer wieder Hinweise auf den Mann gegeben hatte: Spuren von Putzmittel an einem Garderobenschrank, Fasern von diesen bunten Staubwedeln in einer Jackentasche und so was. Das bewies ganz klar die Schuld der Putzkraft.«

»Auch für die Taten auf dem Golfplatz?«, fragte Bob. »Dort wäre dieser Canyon B. doch aufgefallen.«

»Der Mann hat wohl auch andere Arbeiten erledigt. Den Kaffee-Trolley bei den Golfturnieren schieben, Blätter aus dem Pool holen, Müll vom Parkplatz entfernen – was weiß ich. Wir haben ja nie auf ihn geachtet.«

»Haben Sie gegen ihn ausgesagt?«, wollte Bob wissen.

»Natürlich«, sagte der ehemalige Anwalt. »Er hat mich ja auch bestohlen.«

»Können Sie mir vielleicht sagen, wie lange der Mann ins Gefängnis musste?«

»Er war ein Wiederholungstäter«, sagte Mr Owens. »Soweit ich mich erinnere, hatte er als Jugendlicher mehrere Einbruchsdelikte begangen. Außerdem kam die Körperverletzung beim Überfall hinzu. Daher fiel die Strafe hart aus – eine mehrjährige Freiheitsstrafe.«

»Wie viele Jahre?«

»Ich weiß es nicht. Fünf?« Mr Owens zuckte mit den Schultern. »Und frag mich jetzt nicht, wie der Typ mit vollem Namen hieß. Ich glaube Brooks, aber sicher bin ich mir nicht mehr.«

»Wissen Sie denn noch, wer an dem Abend im Club war?«

»Außer Pamela noch P. G. Swift – einer der Golfsponsoren und eine Nervensäge erster Güte.« Mr Owens kratzte sich am Kopf. »Ich glaube, der Hausmeister war zwischendurch auch da und dann natürlich der Barmann.«

»Können Sie mir da vielleicht noch Namen nennen?«

Mr Owens lachte. »Beim besten Willen nicht. Das ist zehn Jahre her!«

Fast zur gleichen Zeit rief der Erste Detektiv bei Olivia an.

Sie klang fröhlich. »Gibt es Neuigkeiten?«

»Allerdings«, verkündete Justus. »Wir haben erfahren, dass deine Mutter vor zehn Jahren überfallen wurde – im Country Club.«

»Ja, das war heftig«, erinnerte sich Olivia. »Aber hat das etwas mit den Einbrüchen zu tun?«

»Die vorliegenden Fakten legen eine Verbindung nahe. Daher wäre es gut, wenn wir die damaligen Ereignisse beleuchten. Könntest du mir schildern, was konkret passiert ist?«

»Ja, klar.« Olivias Stimme klang plötzlich rau. »Ich weiß noch genau, dass ich an dem Abend krank war. Es ging mir schlecht, aber Mama musste mal wieder in den Club. Papa blieb bei mir und hat mir vorgelesen. Es war schon richtig spät, als das Telefon klingelte. Irgendwie wusste ich sofort, dass etwas passiert war. Wir sind direkt zum Club gefahren. Die Polizei war noch da und Mama wurde von Sanitätern betreut. Ihr Fuß war dick geschwollen.« Olivia seufzte schwer. »Und ich war einfach nur wütend, dass mein Papa das Buch an der spannendsten Stelle unterbrechen musste.«

»Du warst noch sehr jung«, sagte Justus freundlich.

»Jung und dumm«, warf Olivia ein. »Ich habe nicht begriffen, in welcher Gefahr meine Mutter geschwebt hat. Die Sache mit der Treppe hätte tödlich enden können.«

Der Erste Detektiv versuchte, das Thema zu wechseln. »Du könntest uns helfen.«

»Sehr gern«, sagte Olivia. Ihre Stimme klang wieder fester.

»Es wäre gut, wenn wir uns im Country Club umsehen könnten. Schließlich war das vor zehn Jahren der Tatort.«

»Natürlich«, sagte Olivia. »Ich trage euch einfach als Gäste ein und nehme euch zum Golfen mit.«

»Wir brauchen den vollen Namen des Taschendiebs«, sagte Justus. Die drei ??? saßen an der Strandpromenade und genossen eiskalte Limonade in der Abendsonne.

»Mr Owens erinnert sich nicht«, sagte Bob. »Er wusste auch nicht mehr, wie der Hausmeister hieß, der an dem fraglichen Abend im Club war.«

»Das ist nicht weiter verwunderlich«, kommentierte Justus diese Information. »Solche Menschen werden oft übersehen. Man bemerkt sie erst, wenn sie ihre Arbeit nicht machen.«

»Reiche Leute können eben ganz schön arrogant sein«, fand Peter.

»Das ist ein Vorurteil«, widersprach Bob.

»Arrogante Leute können ganz schön arrogant sein«, sagte Peter mit einem breiten Grinsen.

»Dem kann man schwerlich widersprechen«, gab Justus zu. »Immerhin konnte Mr Owens mir noch die Namen der Mitglieder nennen, die während des Überfalls im Club waren. Mr Swift war auch dabei. Und –«

»Und Mr Mulligan auch!«, platzte Peter heraus. »Mrs Mulligan hat mir nämlich berichtet, dass ihr Mann früher Kellner im Country Club war. Er stand an dem Abend vor zehn Jahren an der Bar. Ich fürchte nur, es war nicht gut, dass ich ihr daraufhin etwas mehr von unseren Ermittlungen erzählt habe. Sie bekam dann noch mehr Angst vor dem zweiten und dritten Zeichen – von wegen Siegelbruch und Dämonen und so.«

»Mann, Peter!«, stöhnte Bob. »Jetzt traut sie sich garantiert nicht mehr nach Hause.«

»Sei doch nicht so gereizt«, verteidigte sich der Zweite Detektiv. »Es ist doch gut, wenn sie auf sich aufpasst.«

»Vermutlich«, brummte Bob. »Sieht jedenfalls so aus, als müssten wir dringend mehr über diesen Abend vor zehn Jahren wissen.«

»Das sehe ich auch so«, bestätigte Justus. »Und mir ist gerade eine hervorragende Informationsquelle eingefallen.«

Ein alter Freund erinnert sich

»Vor zehn Jahren war Kommissar Reynolds noch für Rocky Beach zuständig.« Justus stand auf und verstaute seine leere Limonadenflasche in einer verknitterten Strandtasche. »Er kann uns sicher etwas über den Fall sagen.«

Peter und Bob stimmten ihrem Freund zu. Samuel Reynolds hatte die drei ??? von Anfang ihrer Detektivkarriere an unterstützt. Nach seiner Pensionierung hatte er sie sogar selbst schon engagiert. Man konnte durchaus sagen, dass er ein alter Freund der Jungen war.

Justus schaute auf seine Armbanduhr. »Wir rufen ihn an und fragen, ob wir gleich vorbeikommen können.«

Der pensionierte Kommissar lebte in einer hübschen Wohnanlage an der Küste – nur wenige Kilometer von Rocky Beach entfernt. Noch vor Sonnenuntergang erreichten die Jungen die kleine Straße. Sie schlossen die Fahrräder an einem Baum ab und klingelten. Der Türsummer erklang fast unmittelbar nach dem Läuten. Offenbar wartete der alte Kommissar schon auf sie. Im zweiten Stock wurden die drei ??? dann auch fröhlich begrüßt. Justus vermutete, dass Kommissar Reynolds sich als Rentner viel zu oft langweilte. Da kamen ihm ein paar Nachwuchsdetektive mit einem Fall gerade recht.

»Ich habe schon den Tisch gedeckt«, sagte Samuel Reynolds, während er seine Gäste auf die Terrasse führte. Dieser Ort war sein ganzer Stolz. Man hatte einen herrlichen Blick über den Pazifik. Bei gutem Wetter konnte man bis zur Insel Anapuma blicken. Auf einem runden Tisch standen vier Gläser und ein Krug Limonade. Dazu gab es ein Körbchen mit Taco-Chips und verschiedene Dips.

Während der Kommissar Limonade ausschenkte, erklärte Justus ausführlich den Grund ihres Kommens.

»Wir hoffen, dass Sie sich noch an den Fall erinnern können«, sagte Bob, nachdem sein Freund ausgeredet hatte. »Er liegt ja schon zehn Jahre zurück.«

»Nun werd mir nicht frech, junger Mann!« Kommissar Reynolds schüttelte spielerisch die Faust. »Ich werde mich doch wohl noch an die Verbrechen in meiner eigenen Stadt erinnern. Ein gutes Gedächtnis gehört übrigens auch zu den Eigenschaften, die man als Kommissar besitzen sollte.«

»Selbstverständlich, Sir«, sagte Bob kleinlaut. Er wurde rot.

»Schon gut.« Reynolds schmunzelte. Dann lehnte er sich zurück und blickte über das Meer. »Ich traf kurz nach dem Raubüberfall im Country Club ein. Aber da war ich schon heftig erkältet. Ich habe noch gemeinsam mit den Kollegen die

Diebesbeute sichergestellt und bin dann heimgefahren. Am nächsten Tag lag ich mit Grippe flach und ein Kollege musste für mich die Befragungen übernehmen.«

»Schade.« Bob nahm einen Schluck Limonade. »Dann kennen Sie die Details wohl nicht.«

»Aber sicher doch!«, warf Reynolds ein. »Ich hatte nämlich damals das Gefühl, dass etwas nicht stimmte.«

»Inwiefern?«, hakte Justus nach.

»Die Taten passten nicht zusammen. Jemanden brutal im Affekt zu überfallen und dabei eine Treppe hinabzustoßen, ist eine andere Größenordnung als Taschendiebstahl.«

»Das stimmt allerdings«, gab auch Justus zu.

»Mein Kollege war jedoch heilfroh, dass alle Spuren so gut zusammenpassten«, erklärte Reynolds. »Die Grippewelle hatte das Präsidium hart erwischt und alle waren überlastet. Als ich zurückkam, musste ich mich gleichzeitig mit verschwundenen Straßenschildern, einer vermeintlichen Schmugglerjacht und Nacktcampern am Strand herumschlagen. Noch dazu wurde angeblich ein Museumsdieb in Rocky Beach gesichtet, ein Althippie wollte das Rathaus besetzen – und das alles, während meine jugendlichen Assistenten noch im Kindergarten waren.«

»In der Grundschule«, korrigierte Justus.

Kommissar Reynolds lachte. »Wir waren also alle zu beschäftigt, um den Fall im Country Club erneut aufzurollen.«

»Wissen Sie denn noch, wie der Täter hieß?«, fragte Peter ohne große Hoffnung.

»Ich bin doch kein seniler Rentner.« Reynolds zog die Augenbrauen hoch. »Es ist alles in meinem Kopf abgespeichert. Der Mann hieß Canyon Brookside.«

Justus kniff die Augen zusammen. »Das ist entweder ein sehr verrückter Zufall oder die Eltern des Mannes haben ihn nach dem Brookside Canyon benannt.«

»Der liegt doch hier in der Nähe«, fügte Bob hinzu.

»Ihr habt mich erwischt.« Der pensionierte Kommissar lachte. »Deswegen konnte ich mir diesen Namen auch über die Jahre merken.«

»Sie hatten also Zweifel daran, dass Canyon Brookside der Täter war?«, kam Justus auf das eigentliche Thema zurück.

»Es ist zumindest fraglich, ob er sowohl für die Diebstähle als auch für den Überfall verantwortlich war«, sagte Kommissar Reynolds. »War er nur ein Langfinger, ein gefährlicher Verbrecher oder beides?«

»Aber ja! Vielleicht –« Es klirrte. Peter hatte im Eifer des Gefechts sein Glas umgekippt. »Oh, das tut mir leid.«

»Kein Problem.« Kommissar Reynolds tupfte den Tisch mit einer Serviette ab. »Es war ja schon fast leer.«

Peter wurde rot. »Mir ist nur gerade eingefallen, dass das bedeutet, dass vielleicht ein gefährlicher Verbrecher all die Jahre lang auf freiem Fuß war, während nur der Taschendieb verhaftet wurde.«

»Das könnte sein«, überlegte Justus. »Genauso gut könnte Brookside aber auch den Angriff verübt haben. Dann gehen die harmloseren Diebstähle auf ein anderes Konto.«

»Oder er ist am Ende einfach gierig geworden und steckte doch hinter allen Taten«, warf Bob ein.

Kommissar Reynolds nickte langsam. »Ich hätte mir damals gern selbst einen Überblick verschafft. Aber das übernehmt ihr wohl jetzt.« Mit nachdenklichem Blick studierte er die Akte, die Bob neu angelegt hatte.

Auftraggeberin: Olivia Parker
Hauptverdächtiger: Canyon Brookside (ehem. Reinigungskraft)

Bisherige Einbruchsopfer und Gegenstände:
- Familie Pushton-Parker (Kaffeebecher, Nachricht am Wecker)
- Ehepaar Mulligan (Staubwedel, Nachricht am Radiowecker)
- Paul Gardiner Swift (Handschuhe, keine Nachricht?)
- Mr Owens bzw. sein Mitbewohner (Pferdebild, Nachricht am Wecker)

Anwesende im Club vor 10 Jahren:
- Pamela Pushton-Parker
- Mr Owens
- Paul Gardiner Swift
- Mr Mulligan (Dienst an der Bar)
- Canyon Brookside (verurteilt zu ca. 5 Jahren Haft)
- Hausmeister, Name unbekannt

Nachricht des Einbrechers:
Das unerträgliche Ticken der Lüge hat ein Ende, wenn die Stunde der Wahrheit schrillt. Achte auf die Zeichen! Das erste weckt die Erinnerung. Das zweite bricht das Siegel der Verschwiegenheit. Das dritte offenbart die wahren Dämonen. Zehn Jahre zogen ins Land. Der Countdown läuft!

Als Justus etwa eine Stunde später durch das Kalte Tor in die dunkle Zentrale kletterte, ging ihm das Gespräch mit Kommissar Reynolds weiterhin durch den Kopf. Der ehemalige Polizist hatte gesagt, dass die Aktion für ihn nach einem Weckruf klang. Und genau das dachte Justus auch. Es war eine Aufforderung, sich an das Verbrechen im Country Club zu erinnern. Doch was war das erste Zeichen? Die Gegenstände in den Küchen? Justus' Gedanken wurden jäh unterbrochen. Ein rotes Lämpchen blinkte in der Dunkelheit. Das war der Anrufbeantworter. Der Erste Detektiv schaltete das Deckenlicht ein und drückte dann am Gerät die Taste für die Wiedergabe.

»Ihr seid nicht da. Oje!« Es war die ängstliche Stimme einer älteren Frau. »Ich war nur kurz zu Hause. Hätte ich das doch bloß gelassen!« Sie wimmerte. Es war eindeutig Mrs Mulligan. »Ich habe solche Angst!«

Am Ort des Überfalls

Justus lauschte gebannt der Ansage. Was war da passiert?

»Ich … ich wollte doch nur die Post holen. Und im Briefkasten …«, Mrs Mulligan schluchzte erneut, »… lag ein Böller. Er war nicht angezündet, aber da steckte ein Streichholz neben der Lunte. Und das war noch nicht alles. Ich habe … einen Brief bekommen!«

Obwohl es schon spät war, machte Justus sich sofort wieder auf den Weg. Tante Mathilda würde es ihm nicht übel nehmen. Sie mochte Mrs Mulligan und hatte Mitleid mit ihr.

Mrs Mulligan selbst war hocherfreut, dass Justus gleich in die Pension kam. Sie hielt ihm zur Begrüßung den Brief hin. »Das ist er!«

Der Erste Detektiv zog sich Gummihandschuhe an und untersuchte den Umschlag genau. Das Siegel zeigte ein Bild von Justitia, der Göttin der Gerechtigkeit.

»Das zweite bricht das Siegel der Verschwiegenheit«, murmelte er, während er den Brief aus dem Kuvert nahm.

»Ich kann dir versichern, dass mein Mann niemals ein Verbrechen begangen hat!«, beteuerte Mrs Mulligan, bevor Justus den Text überhaupt lesen konnte. Der Erste Detektiv blickte auf die roten Buchstaben: *»Lügen explodieren, wenn die Wahrheit ans Licht kommt. Ich habe Beweise! Warte auf das dritte Zeichen und mach dich bereit für das Geständnis.«*

»Ist das nicht schrecklich?«, fragte Mrs Mulligan mit zitternder Stimme. »Was will dieser Mensch nur von uns? Wir lügen doch nicht! Und was sollen das für Beweise sein?«

»Es klingt, als wäre ein Unrecht geschehen«, mutmaßte der Erste Detektiv. »Der Briefeschreiber will entweder Rache oder Aufklärung – möglicherweise auch beides. Ihr Mann war vor zehn Jahren am Tatort eines Verbrechens. Darauf scheint sich dieser Brief zu beziehen.«

»Edgar hat an der Bar gearbeitet. Das ist doch kein Grund, sich an ihm zu rächen.« Mrs Mulligan griff sich ans Herz.

Justus nickte. »Ich kann verstehen, dass Sie sich unwohl fühlen. Auch, dass Sie Ihren Mann schützen wollen. Aber es ist durchaus möglich, dass er etwas weiß, was uns weiterhilft. Es wäre gut, wenn Sie Ihren Mann doch ins Vertrauen ziehen.«

Mrs Mulligan wischte sich eine Träne aus dem Augenwinkel. »In Ordnung. Ich werde ihm von den Botschaften und dem Einbruch berichten. Aber nur, wenn sein Zustand auch wirklich stabil ist.«

Da Justus am nächsten Tag nach der Schule auf dem Schrottplatz helfen musste, fuhren Bob und Peter am Nachmittag alleine in Richtung Country Club. Dort waren sie mit Olivia verabredet. Das weitläufige Gelände lag nördlich vom Botanischen Garten, oberhalb von Rocky Beach. Bob parkte seinen alten VW Käfer auf dem Parkplatz.

Beim Aussteigen sah Peter sich um. »Ich hoffe, dein Auto fühlt sich zwischen den teuren Wagen wohl.«

Bob tätschelte die Kühlerhaube. »Mein Käfer hat ein gesundes Selbstvertrauen. Das kann ihm weder ein Jaguar noch ein Porsche nehmen.«

Olivia wartete schon auf die Jungen und sie hatte eine wichtige Neuigkeit: Bei ihr im Briefkasten war ebenfalls ein Böller aufgetaucht, samt Streichholz und Brief – mit demselben Text, den auch die Mulligans erhalten hatten.

»Das war wohl das zweite Zeichen«, sagte sie, während sie die Jungen auf ein riesiges Anwesen mit prächtigen Rasenflächen führte, wo einige Clubmitglieder vor der Kulisse der dahinter aufragenden Küstenberge Golf spielten. Auf der gegenüberliegenden Seite liefen mehrere Matches auf der Tennisanlage. Das Clubhaus befand sich unweit des Parkplatzes. Hier gab es eine Terrasse mit weißen Sonnenschirmen und einen Pool.

»Es ist alles so piekfein und sauber, dass man gar nichts anfassen mag«, sagte Peter leise zu Bob. »Da fühle ich mich ja im Garten eines Spukhauses wohler.«

»Ich werde dich daran erinnern, wenn wir das nächste Mal bei einem Spukhaus ermitteln«, flüsterte Bob grinsend.

In diesem Augenblick wurden sie von Justus eingeholt.

»Was machst du denn hier?«, platzte Peter heraus.

»Ich … bin … auf der Flucht«, keuchte Justus. »Ich musste vor Mrs Kretschmer Reißaus nehmen.« Der Erste Detektiv holte tief Luft. »Sie hat schon wieder die Musiker belagert. Keine Ahnung, was sie damit bezweckt. Onkel Titus denkt, dass sie die Band heimlich verehrt, aber heute wollte Mrs Kretschmer mir weismachen, dass sie ein spektakuläres Geheimnis über den Bassisten aufgedeckt habe.«

»Lass mich raten«, sagte Bob. »Sein Auto ist nicht versichert? Oder sein Haar ist gefärbt?«

»Vermutlich.« Justus seufzte. »Ich habe sie gar nicht erst länger zu Wort kommen lassen, sondern schnell das Weite gesucht und den nächsten Bus hierher genommen. Wie ist der Stand bei euch? Olivia, hast du mit deiner Mutter gesprochen?«

»Ich bin noch nicht dazu gekommen. Sie hatte es mal wieder eilig und hat mir kaum zugehört, als ich ihr erzählte, dass ich mit euch im Club verabredet bin. Selbst der Brief mit dem Böller konnte sie nicht aufhalten.« Olivia berichtete Justus in knappen Worten von der erhaltenen Post.

»Meinst du, sie kann sich einen Reim auf den Text machen?«, überlegte Peter.

»Ich glaube nicht. Aber Mama wollte heute auch Golf spielen.« Olivia öffnete eine Glastür. »Vermutlich taucht sie gleich hier auf, dann könnt ihr sie selbst fragen.«

Die drei ??? betraten hinter Olivia den edel eingerichteten Eingangsbereich.

»Das ist der Saal, in dem damals die Besprechung stattfand.« Olivia deutete auf eine offene Tür, hinter der man mehrere

Tische, Stühle, eine Bar und eine kleine Bühne erkennen konnte. »In einer Pause ist meine Mutter im ersten Stock auf die Toilette gegangen. Da wurde sie dann angegriffen.«

»Warum ging sie nicht hier unten?«, fragte Bob mit einem Blick auf die WC-Türen, die gleich gegenüber lagen.

Olivia lächelte verlegen. »Meine Mutter meint, dass die Toiletten hier zu schmutzig sind, weil alle sie benutzen.«

»Dürfen wir den Tatort besichtigen?«, fragte Justus.

»Klar.« Olivia setzte sich wieder in Bewegung und steuerte die Treppe an.

»Aha«, machte Justus, als sie im ersten Stock ankamen.

»Was meinst du?« Peter sah sich unschlüssig um.

»Die Bilder.« Justus blieb vor dem Ölgemälde eines Pferds stehen. »Das Porträt eines Rennpferdes, vermutlich aus dem 18. oder 19. Jahrhundert.«

»Dass es ein Pferd ist, erkenne ich auch«, meinte Peter. »Aber den Rest könntest du dir genauso gut ausgedacht haben.«

»Hier im Flur hängen überall Motive zum Thema Pferd und Jagd«, erklärte Olivia. »Unten gibt es alte Blumenmotive und im Anbau ein paar Werke von zeitgenössischen Künstlern.«

»Es geht anscheinend um diese Gemälde hier«, sagte Bob zu Olivia. »Der Einbrecher hat Mr Owens ein Bild von einem Pferd hinterlassen.«

»Er konnte aber nicht sonderlich gut malen«, fügte Peter hinzu. »Ganz im Gegensatz zu den Malern hier.«

»Jetzt passen sämtliche Gegenstände zusammen«, sagte Justus. »Alles, was der Einbrecher zurückgelassen hat, hängt mit den Vorfällen im Club zusammen – entweder mit den Taschendiebstählen oder mit dem Überfall hier oben. Der Einbrecher vermischt dabei Hinweise auf Orte und Beweise. Eine taktische Ungenauigkeit, die auf ein eher emotionales als rationales Motiv hindeuten könnte.«

»Eine … taktische Ungenauigkeit?«, wiederholte Peter. »Du hängst mich gerade ab, Erster.«

»Die Hinweise sind nicht gut aufeinander abgestimmt«, übersetzte Justus. »Das könnte darauf hindeuten, dass der Einbrecher Gefühl vor Verstand walten lässt.«

»Du meinst, er ist nicht die hellste Kerze auf der Torte?«

»Dumm ist er sicherlich nicht, sonst wäre er nicht so weit gekommen«, räumte Justus ein. »Aber wir haben es definitiv nicht mit dem Werk eines kriminellen Genies zu tun.«

»Was ist denn damals nun genau passiert?«, fragte Bob, während er sich umsah.

»Der Täter kam wohl aus dem Flur dort drüben«, berichtete Olivia. »Er schlich sich im Schutz einer Zimmerpalme von hinten an meine Mutter heran und riss ihr das Collier vom Hals. Dann gab er ihr einen heftigen Schubs.«

Bob starrte die steile Treppe hinunter. »Schrecklich!«

In diesem Augenblick klingelte Olivias Handy. »Entschuldigt mich bitte, meine Mutter ruft an.« Sie hob ihr Handy ans Ohr und ging einige Schritte von den Jungen weg. Die drei ??? hörten trotzdem, wie sie seufzte und sagte: »Alles klar, ich komme gleich.«

»Gibt es Probleme?«, wollte Bob wissen.

»Nein.« Olivia winkte ab. »Aber meine Mutter hat mal wieder irgendeine eine wichtige Person im Schlepptau. Ich soll brav Hallo sagen und die wohlerzogene Tochter geben.«

»Klingt anstrengend«, fand Peter.

»Das kannst du laut sagen.« Olivia pustete sich eine blonde Haarsträhne aus dem Gesicht. »Meine Mutter ist übereifrig und kennt extrem viele Leute, die sie alle beeindrucken will. Sie hat tausend Hobbys, gibt an der Uni Vorlesungen in Wirtschaftswissenschaft und langweilt sich trotzdem. So ist sie eben. Wartet ihr auf mich? Ich bin gleich wieder da.«

»Wir setzen uns an den Pool«, versprach Bob.

»Ich beeile mich«, rief Olivia. Dann eilte sie los.

Justus, Peter und Bob fanden kurz darauf drei freie Liegestühle nebeneinander. Aber sie hatten keine Zeit für eine Zwischenbesprechung. Ein junger Mann in Kellneruniform trat aus dem Haus und sah sich um. »Ist hier irgendwo ein Justus Jonas?«

Der Erste Detektiv sah auf. »Hier.«

»Telefon für Sie, Sir«, sagte der Kellner. Er reichte Justus ein schnurloses Gerät. Auf dem Display stand »Club 03«. Offenbar rief jemand vom Telefon Nummer drei im Club an. Justus hob den Hörer ans Ohr. »Hallo?«

»Justus Jonas«, röchelte eine heisere Stimme. Es war unmöglich zu sagen, ob es sich um eine Frau oder einen Mann handelte. »Triff mich in zehn Minuten in der Shooting Range. Ich habe Informationen für dich und deine Kollegen.« Schon hatte der geheimnisvolle Anrufer aufgelegt.

Chance oder Hinterhalt?

»Was ist?«, fragte Bob, doch Justus wandte sich schon an den Kellner. »Wo bitte befindet sich Telefon Nummer drei?«

Der Mann überlegte kurz. »Ich glaube, es befindet sich bei der Shooting Range, Sir.«

»Danke«, sagte Justus. »Können Sie mir sagen, wie ich dort hinkomme?«

Der junge Mann nickte eifrig. »Aber natürlich, Sir. Unser Schießstand für die Sportschützen befindet sich im Keller des Haupthauses. Es gibt einen separaten Eingang, der vom Empfang aus ausgeschildert ist.«

»Vielen Dank«, sagte Justus freundlich.

»Die Anlage ist aber gerade wegen Renovierungsarbeiten geschlossen, Sir«, fügte der Kellner hinzu.

»Erneut besten Dank«, sagte Justus. »Aber Sie brauchen mich wirklich nicht Sir zu nennen.«

»Das ist hier Vorschrift, Sir«, entgegnete der Kellner. Er nickte höflich und zog sich mit dem Telefon zurück.

Justus sah ihm nachdenklich hinterher, dann drehte er sich zu seinen Freunden um. »Planänderung. Wir haben eine Verabredung.«

»Mit wem?«

»Das wüsste ich auch gern«, antwortete der Erste Detektiv. »Ich fürchte, wir müssen vorsichtig sein. Es könnte sich um eine Falle handeln.«

Peter schnaubte. »Warum gehen wir dann hin?«

»Weil es wichtig für den Fall sein könnte«, erwiderte Justus. »Du kannst ja hierbleiben.«

»Einer muss vernünftig sein.« Peter lehnte sich demonstrativ auf seiner Liege zurück. »Ich warte hier auf Olivia. Schickt mir eine Nachricht, wenn ihr Verstärkung braucht. Und wenn ihr innerhalb der nächsten halben Stunde nicht wieder auftaucht, rufe ich die Polizei.«

Vor dem Eingang des Haupthauses stand ein schicker weißer Wegweiser mit mehreren Pfeilen. Links ging es zum Golfplatz A, rechts zum Tennisplatz. Schräg rechts lag Golfplatz B und geradeaus ging es zum Schießstand. Justus und Bob liefen über einen Kiesweg zur Rückseite des Haupthauses. Dort gab es eine tiefergelegte Terrasse auf Kellerniveau. Breite Treppenstufen führten hinunter. Über einer schweren Doppeltür mit Glasfenstern stand »Shooting Range«. Am Türgriff war ein Schild angebracht. Justus und Bob stiegen die Treppe hinab und gingen darauf zu.

Bob blickte auf das Schild. »Wegen Renovierung geschlossen.«

»Probier mal, ob die Tür trotzdem offen ist«, bat Justus.

Bob nahm den Griff und drückte. Die Tür schwang auf. Abgestandene Luft schlug ihm entgegen. »Alles dunkel.«

»Irgendwo muss es einen Lichtschalter geben.« Justus tastete die Wand neben der Tür ab, fand jedoch nichts. »Zum Glück habe ich immer eine Taschenlampe dabei.«

»Ich auch.« Bob holte seine Lampe aus dem Rucksack und schaltete sie ein. »Mir ist aber nicht wohl bei dem Gedanken, da reinzugehen.«

Kaum hatte er das gesagt, als das Deckenlicht aufflackerte. Vor ihren Augen wurde ein Flur mit schmucklosen Betonwänden sichtbar.

Bob schaltete seine Lampe wieder aus. »Ich glaube, wir sollten das lassen.«

»Und wenn es wirklich wichtige Informationen gibt?«, fragte Justus. »Wenn wir in Gefahr geraten, können wir auf unseren Zweiten zählen.«

»Justus –«, setzte Bob an, doch der Erste Detektiv hatte bereits den Flur betreten. Bob folgte ihm mit einem mulmigen Gefühl in der Magengegend.

Justus erreichte die erste von drei Türen. Sie trug die Aufschrift »Waffenkammer« und war abgeschlossen, ebenso wie der »Technikraum« daneben. Aber die Tür gegenüber war offen. »›Shooting Range‹. Hier ist es, komm.«

»Auf deine Verantwortung«, sagte Bob. Zögerlich betrat er hinter seinem Freund einen rechteckigen Keller, der an eine Bowlingbahn erinnerte. Mehrere Schieß-Kabinen standen nebeneinander, dahinter erstreckten sich lange Bahnen bis zu einer entfernten Wand, an der Zielscheiben angebracht waren. Weit und breit war niemand zu sehen, auch kein Handwerker. Es stand lediglich eine aufgeklappte Leiter in einer Ecke. Darüber hingen abgeschnittene Leitungen aus der Wand. Mehrere Neonröhren fehlten an der Decke und einige Bahnen waren im hinteren Teil mit Folie abgeklebt, sodass man dort die Wand mit den Zielscheiben nicht sehen konnte. Die Folie raschelte gespenstisch im Luftzug.

»Sieht so aus, als wäre unser Informant noch nicht da.«

»Oder er versteckt sich hinter der Folie«, sagte Bob leise. Kaum hatte er das gesagt, fiel die schwere Metalltür hinter ihnen ins Schloss. Es rumste, dann ertönte ein Klacken. Mit einem Satz war Bob bei der Tür. »Abgeschlossen!«

»Es war eine Falle«, sagte Justus tonlos.

»Was du nicht sagst«, zischte Bob. »Das war doch von Anfang an klar.«

»Und weswegen bist du dann hier?« Der Erste Detektiv sah seinen Freund herausfordernd an.

»Weil irgendjemand auf dich aufpassen muss, wenn du mal wieder ein viel zu großes Risiko eingehst«, gab Bob zurück. »Ich –«

Die Neonröhren flackerten plötzlich nervös, dann gingen sie aus. Der riesige Kellerraum versank in Finsternis. Irgendwo summte etwas, dann knisterte es.

»Willkommen«, wisperte eine heisere Stimme – offenbar durch einen Lautsprecher. »Willkommen … willkommen«, schallte ein Echo hinterher. »Seid ihr noch immer neugierig … neugierig … neugierig …«

Bob versuchte, ruhig zu bleiben. Sie waren schließlich nicht am Ende der Welt, sondern mitten in einem gut besuchten Country Club. Andererseits befanden sie sich mehrere Meter unter der Erde. Die Dunkelheit war erdrückend. Irgendwo raschelte erneut die Folie. Der Schießstand war garantiert schallgeschützt. Wenn sie jetzt um Hilfe riefen, würde es niemand hören. Doch dann fiel Bob das Handy in seiner Hosentasche ein. Rasch zückte er es. Das Display leuchtete auf. Einen Moment lang fühlte sich Bob erleichtert, doch dann sah er die Anzeige in der oberen linken Ecke. Kein Empfang. Immerhin schaltete Justus nun seine Taschenlampe ein.

»Ihr seid leider *zu* neugierig … neugierig … neugierig …«, zischte die unheimliche Stimme. »Jetzt kommt meine letzte Warnung … Warnung … Warnung …«

Die Jungen warteten angespannt, dass etwas passierte. Aber die Stimme blieb stumm. Gerade, als Justus und Bob schon glaubten, dass ihr Gegenspieler sich zurückgezogen hatte, raschelte die Plane erneut. Bob riss das Handy hoch. Der spärliche Lichtkegel reichte kaum bis zu der hinteren Ecke. Er konnte gerade so eben erkennen, dass die Folie sich bewegte. Eine Tür klappte. Dann trat eine Gestalt in einem schwarzen Overall hinter der Folie hervor. Justus leuchtete nun ebenfalls. Der Schein seiner Taschenlampe streifte ein Nachtsichtgerät und eine erhobene Hand. Im nächsten Moment flog etwas auf die Jungen zu. Was es war, begriff Justus erst, als es explodierte.

Dicke Luft

Justus und Bob sprangen panisch auseinander, als das Wurfgeschoss keine zwei Meter von ihnen entfernt explodierte. Der Knall war ohrenbetäubend und hallte schmerzhaft nach. Beißender Rauch hüllte sie ein. Schon knallte es erneut. Bob machte sich bereit für einen weiteren Angriff, doch der blieb aus. Hektisch wedelte er den Rauch weg.

Justus hustete. Er leuchtete den Boden ab, auf dem grau-braune Papierfetzen lagen. »Das war ein Böller.«

Bob richtete seine Taschenlampe in die Richtung der Gestalt, doch zunächst war da nur Nebel. Es dauerte, bis er Gewissheit hatte: Die Person war wieder verschwunden. »Das war ganz schön gefährlich.«

»Es war nur eine Warnung«, sagte Justus. »*Lügen explodieren*, so hieß es in dem Brief.«

»Wir haben aber nicht gelogen«, warf Bob ein. »Dafür war die Warnung ziemlich explosiv. Wir sollten zusehen, dass wir hier rauskommen.«

Hinter der Plane lag eine Tür. Es handelte sich um einen Notausgang. Allerdings war er von der anderen Seite blockiert.

»Schade«, sagte Justus. »Dann müssen wir wohl den Ausweg über die Lüftungsanlage in Betracht ziehen oder darauf warten, dass Peter ungeduldig wird.«

»Oder eine Nachricht schicken.« Bob sah auf sein Handy. »Ich habe hier Empfang.« Er machte einen winzigen Schritt zur Seite. Da war der vielversprechende Balken im Display auch schon wieder weg. »Wenn ich die richtige Stelle finde, könnte es reichen, um Peter eine SMS zu schicken.«

Jemand rüttelte an der Tür. Etwas knirschte. Bob machte einen erschrockenen Schritt rückwärts. »Er kommt zurück!«

Schon sprang die Tür auf. Einen Moment lang hielt der dritte Detektiv die Luft an, doch dann lachte er erleichtert auf. »Peter! Und Olivia!«

»Alles okay bei euch?«, fragte das Mädchen besorgt. »Peter hatte ein ganz mieses Gefühl und wollte nicht länger warten.«

»Da hattest du wohl die richtige Intuition, Zweiter«, gab Justus widerstrebend zu. Er trat auf einen schmalen Flur, der nach rechts ins Freie führte.

»Die Tür zur Shooting Range war abgeschlossen. Zum Glück kannte Olivia diesen Notausgang«, sagte Peter.

»Ihr seid schon ein tolles Team«, bemerkte Bob. Aber dann besann er sich. »Habt ihr zufällig gesehen, wer uns hier unten eingesperrt hat?«

Peter schüttelte den Kopf. »Leider nicht.«

»Gehen wir zurück zum Pool?«, fragte Olivia.

Bob hätte die Ermittlungen im Club gerne für eine kleine Pause unterbrochen. Auch Peter fühlte sich unwohl.

Justus hingegen hatte andere Pläne. »Jetzt ermitteln wir erst recht. Die drei ??? geben nicht so leicht auf. Wir müssen das Gelände nach unserem Angreifer absuchen.«

»Meinst du, es war Canyon Brookside?«, fragte Peter. »Den würden wir doch gar nicht erkennen.«

»Wer immer es ist: Unser Angreifer muss unbemerkt seinen Anzug loswerden.« Justus sah zurück in den Gang. »Führt der ins Haupthaus?«

»Ich glaube schon«, sagte Olivia. »Aber es ist kein offizieller Weg. Ich weiß nicht, ob wir den benutzen dürfen.«

»Wir machen es einfach«, sagte Justus entschieden. Ohne eine Reaktion abzuwarten, lief er zurück in die Dunkelheit, die Taschenlampe erhoben. Peter, Bob und Olivia folgten ihm. Nach etwa zehn Metern ging es eine Treppe hoch, durch eine Metalltür erreichten sie einen hell erleuchteten Flur. An einer weiteren Tür auf der gegenüberliegenden Seite stand »Personalraum«. Justus riss sie auf.

»Und?«, fragte Bob.

Der Erste Detektiv spähte in einen länglichen Raum, der entfernt an die Umkleidekabine in einer Turnhalle erinnerte. Am Boden lag ein zerknüllter schwarzer Overall. Das Fenster stand offen.

»Ausgeflogen«, sagte Bob, der sich an seinem Freund vorbeigedrängt hatte. Ein Blick aus dem Fenster verriet, dass der Täter entkommen war – leider ohne Spur.

»Das war ja nicht gerade ein Erfolg«, sagte Peter missmutig.

»Wie man es nimmt.« Justus sah sich aufmerksam um. »In diesem Raum wurde vermutlich vor zehn Jahren die Beute gefunden. Die Ausstattung ist definitiv nicht neu. Ich könnte mir vorstellen, dass diese Fächer damals schon hier waren.«

Bob sah sich die Türen nachdenklich an. »Der Täter besaß damals entweder einen Schlüssel oder er konnte das Schloss knacken.«

»Die Spinde haben Drehriegelschlösser«, sagte Peter. »Wenn man sich auskennt, ist es nicht schwer, sie zu öffnen.«

Olivia sah den Zweiten Detektiv anerkennend an. Bob murmelte etwas Undeutliches.

»Bei den drei ??? bin ich für Schlösser aller Art zuständig«, erklärte Peter stolz. »Daher kenne ich mich aus. Jemand, der noch nie ein Schloss geknackt hat, kriegt diese hier nicht so schnell auf. Aber für einen Profi ist es keine Herausforderung.«

»Können wir jetzt gehen?«, drängte Bob. »Schlösser sind doch im Allgemeinen sehr langweilig.«

Justus warf seinem Freund einen überraschten Blick zu, verzichtete jedoch auf einen Kommentar. »Wir müssen noch herausfinden, wer vor zehn Jahren Hausmeisterdienst hatte. Wen könnten wir dafür ansprechen, Olivia?«

»Ich kenne die Leute aus der Verwaltung. Wenn ihr kurz wartet, erledige ich das gleich.« Sie verließ den Raum.

Während die Jungen auf ihre Auftraggeberin warteten, sah Justus nachdenklich umher. »Es ist doch seltsam, dass Canyon Brookside das Diebesgut über Wochen in seinem Spind eingelagert hat, statt es zu verkaufen oder zu einem Pfandleiher zu bringen.«

»Stimmt«, meinte auch Bob. »Als Zwischenlager ist so ein Spind denkbar, aber doch nicht auf Dauer.«

Justus nickte. »Es ist zwar möglich, dass der Mann einfach ein sehr nachlässiger Täter war, aber es sieht tatsächlich eher danach aus, als hätte ihn jemand als Bauernopfer benutzt.«

»Ihm wurde also das Diebesgut in den Spind gelegt, damit jemand anderes davonkam?«, fragte Bob leise.

»Es hat ganz den Anschein«, sagte Justus. »Aber noch können wir das nicht mit Sicherheit sagen.«

»Ich finde, das passt auch zu den Botschaften auf den Weckern und den Briefen mit dem Siegel«, ergänzte Peter. »Darin geht es doch um eine Lüge, Gerechtigkeit und Beweise.«

»Ja, als hätte jemand Informationen darüber, was damals wirklich passiert ist.« Bob dachte angestrengt nach. »Die Frage ist, ob es wirklich um Gerechtigkeit geht oder um Erpressung. Will jemand eine falsche Verurteilung anklagen oder sich mit einer brisanten Wahrheit ein paar Dollar verdienen?«

Bevor seine Freunde antworten konnten, hörten sie Olivia zurückkommen und traten wieder auf den Flur. Das Mädchen hielt einen Notizzettel in der Hand.

Justus lächelte. »Sieht so aus, als wäre dein Besuch im Büro erfolgreich gewesen.«

»Der Mann heißt Bernie Walters und wohnt am Camino Rocho Nummer 8. Das liegt hier in der Nähe, in den Bergen.« Olivia reichte dem Ersten Detektiv den Zettel. »Ich kenne ihn sogar, obwohl er inzwischen im Ruhestand ist. Er schneidet im Club ab und zu die Rosen und hilft bei besonderen Veranstaltungen aus. Die Angestellten schätzen ihn alle sehr und er ist auch bei den Clubmitgliedern beliebt. Aber ich hatte keine Ahnung, dass er hier mal der Hausmeister war. Ich wette, er kann sich noch genau an Canyon Brookside erinnern.«

»Sehr gut!«, sagte Justus. »Dann werden wir heute noch mit Bernie Walters sprechen. Zuvor würde ich aber gerne mit deiner Mutter reden.«

»Die ist schon wieder unterwegs.« Olivia sah die drei ??? entschuldigend an. »Die Sicherheitsfirma rief an, weil sie spontan einen Termin anbieten konnten. Danach muss sie zur Maniküre und dann nach Malibu. Dort besucht sie gleich mehrere Fitnesskurse im *Hajime Club*. Vor neun Uhr abends ist sie bestimmt nicht zurück.«

»Sie scheint immer unter Strom zu sein«, meinte Bob.

»Leider.« Olivia sah auf ihre Fußspitzen hinab. »Sie hat nie Zeit. Als Kind habe ich ihr deswegen manchmal Streiche gespielt und sie hat sie nicht einmal bemerkt.«

»Na, dann hast ja vielleicht du den ganzen Fall inszeniert, um endlich ihre Aufmerksamkeit zu erlangen«, platzte Bob heraus. Eine Sekunde später bereute er die Worte zutiefst. Olivia sah ehrlich gekränkt aus. Dabei hatte er sie gar nicht angreifen wollen. »Tut mir leid.«

»Ist schon gut«, sagte Olivia leise. »Du bist immer noch sauer auf mich. Ich habe unseren Streit ja auch nicht vergessen, aber ich kann dir versichern, dass ich mit dem Fall nichts zu tun habe. Ich würde doch nicht so viele Menschen ängstigen, nur um meine Mutter zu ärgern. Da würden mir auf einen Schlag hundert bessere Ideen kommen.«

»Jetzt vertragt euch doch mal!«, forderte Peter. »Sprecht doch einfach mal aus, worum es ging.«

»Bob hat letzten Sommer ein Telefonat belauscht, das ich mit einer Freundin geführt habe.«

»Ich habe es nicht belauscht, ich habe es zufällig mitbekommen«, wandte Bob ein.

Olivias Wangen liefen rot an. »Jedenfalls hat er sich geärgert. Es kam zu einem Streit, und bevor wir uns wieder vertragen konnten, waren die Ferien zu Ende und ich bin aufs Internat gegangen.«

»Okay«, sagte Peter. »Und was war so schlimm an dem Telefongespräch, Bob?«

Der funkelte den Zweiten Detektiv an. »Olivia hat gesagt, dass sie meinen Freund toll findet. Und zwar richtig toll.«

»Was denn für einen Freund?«, fragte Peter. Als er Bobs Gesicht sah, fiel der Groschen. »Oh … Also, das ist jetzt irgendwie unerwartet.«

»Ich … äh«, setzte Olivia an. Ihre Wangen hatten sich dunkelrot gefärbt.

»Ich komme drüber hinweg«, sagte Bob schnell. »Ist schließlich Monate her.«

Peter war die Sache unangenehm. »Dann entschuldigt sich Bob eben schnell für die Lauschaktion und Olivia für das, was sie gesagt hat.«

Wider Erwarten musste Bob über Peters Einsatz lachen. »Meinetwegen. Es tut mir leid, Olivia. Ich wollte dich nicht belauschen.«

»Mir tut es auch leid«, sagte sie sanft.

Justus rieb zufrieden die Hände. »Gut, dass wir das klären konnten.«

Verfolgungsjagd in den Bergen

Die Sonne stand schon tief, als die drei ??? in Bobs Käfer in die Küstenberge fuhren. Der Zweite Detektiv hatte recht behalten: Wer zurzeit hier unterwegs war, musste hinterher sein Auto waschen. Es staubte gewaltig. Die sandige Straße namens Camino Rocho wand sich in vielen Kurven die Ausläufer der Berge hoch. Inzwischen sah der Käfer vermutlich aus, als käme er gerade von einem Wüstenrennen.

Bob machte sich schon mal eine gedankliche Notiz, dass er am nächsten Tag in die Waschanlage fahren musste. Dann konzentrierte er sich auf die Umgebung. Es gab ein paar Abzweigungen, die ins Nichts zu führen schienen. Doch nach einem kleinen Wäldchen entdeckte er eine private Auffahrt mit einem rostigen Tor. Bob bremste kurz davor. Er stieg als Erster aus, während Justus den Beifahrersitz umklappte, um auch Peter aus dem engen Wagen zu lassen. Bob inspizierte den windschiefen Briefkasten, der sich neben der Zufahrt befand. »Bernie Walters«, rief er. »Wir sind hier richtig.«

Während seine Freunde ausstiegen, versuchte der dritte Detektiv, um einen kleinen Hügel mit trockenem Buschwerk zu schauen, der ihm den Blick auf das Grundstück versperrte. Aber er konnte kaum etwas erkennen. Das Haus von Bernie Walters lag komplett sichtgeschützt. Alles, was Bob erspähte, waren krüppelige Eichen und ein alter Truck, der früher wahrscheinlich weiß gewesen war, jetzt aber mit einer dichten Schicht aus rötlichem Staub paniert war.

Justus hatte inzwischen das Tor erreicht und wollte es öffnen.

»Halt!« Bob wies auf ein gelbes Warnschild. »Vorsicht, bissiger Hund! Lebensgefahr!«

Justus hörte nur auf einem Ohr zu. Irgendetwas fesselte seine Aufmerksamkeit. »Ihr klingelt, ich sehe mich um.«

»Wir sollen es also mit der Bestie aufnehmen?«, fragte Peter. Justus huschte ohne eine Antwort davon.

Statt einer elektrischen Klingel gab es eine Kuhglocke an einem Haken. Bob läutete energisch. Gebell erklang. Kurz darauf rannte ein Hund zum Tor – allerdings in Zeitlupe. Obwohl er sich nach Leibeskräften bemühte, reichte sein Galopp nicht über das Schneckentempo hinaus. Die kurzen Beinchen gaben einfach nicht mehr her.

»Der ist ja uralt!« Peter lachte erleichtert auf. Der schwarze Mops, der nun vor ihnen am Tor stand, hatte bereits eine graue Schnauze und trübe Augen. Zwischen rasselnden Atemzügen presste er ein paar trockene Beller hervor.

»Was ist denn los?«, ertönte eine Stimme. Kurz darauf erschien ein Mann mit dunkelbraunen Haaren. Er trug eine

Latzhose mit Ölflecken und ein ausgeblichenes T-Shirt. Bob schätzte ihn auf Mitte dreißig. Seltsamerweise kam ihm das Gesicht bekannt vor, obwohl er sich nicht erinnern konnte, den Mann jemals gesehen zu haben. Er musterte das markante Kinn und die dunklen Augenbrauen, die halb hinter einer schwarzen Brille mit breitem Rahmen verborgen waren. Vielleicht sah er einem Musiker ähnlich oder einem Schauspieler.

»Hallo!«, sagte der Mann überrascht. Er hatte eine tiefe, warme Stimme und ein sympathisches Lächeln. »Kann ich euch helfen?«

»Wir sind Detektive aus Rocky Beach und würden gerne Mr Walters etwas fragen«, sagte Bob.

»Er kann gerade nicht. Kann ich euch vielleicht helfen?«

»Vermutlich nicht. Es geht um den Country Club«, sagte der Zweite Detektiv freundlich.

»Oh, dann wohl nicht. Ich habe mit dem Club nichts zu tun.«

»Aber vielleicht können Sie uns sagen, ob in den letzten Tagen bei Mr Walters eingebrochen wurde.«

Der Mann hob skeptisch seine dunklen Augenbrauen. »Nicht dass ich wüsste.«

»Vielleicht wurde auch nur ein Tisch im Haus abgewischt? Oder Mr Walters hat einen seltsamen Gegenstand gefunden?«

Der Mann schüttelte den Kopf. »Das hätte er mir bestimmt erzählt.«

»Sind Sie sein Sohn?«, hakte Bob nach.

»Nein, ich bin sein Neffe … Joe. Ich bin seit ein paar Tagen zu Besuch.«

Der Mops hatte sich genug erholt und setzte zu einem lauten Kläffen an.

»Ruhig, Django!«, ermahnte Joe den alten Hund. Der Mops ließ sich augenblicklich in den Staub fallen und hörte auf zu bellen. Dafür hechelte er nun geräuschvoll.

»Der ist gut erzogen«, sagte Peter.

»Er ist auch ein echter Wachhund.« Der Mann lachte. In diesem Moment tauchte Justus beim Wagen auf. Er machte ein Handzeichen, das Bob und Peter warnen sollte.

»Ist alles in Ordnung?«, fragte Joe verunsichert.

»Ja, natürlich«, antwortete Bob schnell. »Wir müssen nur weiter. Wenn Sie erlauben, kommen wir demnächst wieder, um mit Ihrem Onkel zu sprechen.«

»Oh, klar«, sagte der Mann. Er sah wieder zu Justus hinüber, der ungeduldig aussah.

»Was ist denn los?«, fragte Peter, als sie das Auto erreichten.

»Oben am Berg ist jemand!«, sagte Justus. »Wir wurden beobachtet.«

»Bist du dir sicher?«

»Ja«, sagte Justus, während er die Beifahrertür aufriss. »Wir müssen los.«

Während sich die drei ??? in den Käfer quetschten, deutete Justus in Richtung Südosten. »Da war eine Spiegelung oben am Berg. Jemand mit einem Fernglas muss dort gestanden haben – sichtgeschützt durch Felsen und trockenes Buschwerk. Als ich genauer hingesehen habe, konnte ich einen weißen Wagen entdecken.«

»Haltet euch fest!« Bob startete den Käfer. Er gab Gas, doch der Motor ging wieder aus. »So ein Mist!« Bob startete erneut. Der Käfer brummte wütend, dann fuhr er langsam an. Bob schaltete. »Die Berge machen ihm etwas zu schaffen.«

»Folge der Straße«, sagte Justus. »Die müsste eigentlich dort hinaufführen.«

Das Auto arbeitete sich mühsam die Steigung hinauf – vorbei an staubbedeckten Krüppeleichen. Nun konnte man auch in die Senke hinabblicken, in der das Haus von Bernie Walters lag. Sie erkannten ein rotes Ziegeldach, dann fuhr der Käfer auch schon um die nächste Kurve. Vor ihnen lagen nun die steil ansteigenden Bergkämme im blauen Dunst der Abenddämmerung.

»Da ist eine Abzweigung!«, rief Justus.

Bob wurde langsamer. »Soll ich die nehmen?«

»Ja!«

Der dritte Detektiv schlug das Lenkrad ein. Der alte Wagen holperte über einen unebenen Weg. Aber als sie die Stelle erreicht hatten, die man von Bernie Walters Einfahrt sehen konnte, war der Beobachter bereits verschwunden. Dafür entdeckte Justus eine Staubwolke, weiter unten.

»Es gibt einen zweiten Weg hier rauf. Der hat uns gesehen, als wir die Straße hochgefahren sind«, mutmaßte Justus. »Und jetzt nimmt er Reißaus.«

»Hinterher! Worauf wartest du noch!«, rief Peter.

»Oje.« Bob gab Gas. Wohl war ihm allerdings nicht bei dem Gedanken, eine Verfolgungsjagd auf den Bergstraßen zu veranstalten. Dem Käfer schien es ebenfalls nicht zu gefallen. Er klapperte, knatterte und röhrte. Bergab hätte der dritte Detektiv am liebsten die Augen geschlossen. Zu dumm, dass er der Fahrer war. Der Blick auf den weiten blauen Ozean beruhigte ihn etwas. Der Pazifik lag nun vor ihnen, während sie die Berge im Rücken hatten. Die Staubwolke düste in Richtung Rocky Beach davon.

»Schneller!«, mahnte Justus.

»Es geht nicht schneller«, schimpfte Bob. »Der Wagen fällt sonst auseinander oder die Bremsen streiken.«

»Ich kenne die Straße«, rief Peter, als die ersten Häuser in Sicht kamen. »Da sind ein paar Ampeln! Mit etwas Glück holen wir auf.«

»Oder auch nicht«, kam es von der Rückbank.

Der Käfer sauste unter einer gelben Ampel hindurch. »Das war kurz vor Kirschgrün«, murmelte Bob.

»Weiter! Haltet Ausschau nach einem staubigen weißen Wagen. Nach der Fahrt über diese Wege sollte das Auto deutlich zu erkennen sein.«

»Gleich kommen Abzweigungen«, beschwerte sich Peter. »Dann verlieren wir den Wagen.«

»Ich muss hier langsam fahren, sonst bekomme ich noch einen Strafzettel.« Bob schaltete runter.

Justus murmelte etwas Undeutliches. Peter schlug mit der flachen Hand auf seinen Oberschenkel.

»Nächstes Mal könnt ihr ja gerne fahren«, sagte Bob eingeschnappt. »Oder ihr spart auf ein ganz tolles neues Einsatzfahrzeug für die drei ???. Wie wäre es mit einem leistungsstarken Sportwa–?«

»Da!«, unterbrach Peter seinen Freund. Er deutete durch die Windschutzscheibe nach vorne. »Da! Da! Da!«

Jetzt sah auch Bob den schmutzigen Kombi, der gerade an einer grünen Ampel losfuhr.

»Den erwischen wir!«, sagte Bob energisch.

»Folge ihm so unauffällig wie möglich«, wies Justus ihn an.

»Das ist nicht meine erste Verfolgungsjagd«, erwiderte Bob. Mit etwas Abstand ging es nun hinter dem verdächtigen Auto her. Der Wagen fuhr kreuz und quer durch Rocky Beach. Schließlich bog er auf eine Einfahrt ein. Der dritte Detektiv drosselte das Tempo.

»Ich glaub es nicht«, sagte Justus fassungslos. »Wisst ihr, wer hier wohnt?«

Heimatsicherheit

Entgeistert starrten die Jungen auf das schicke weiße Haus neben der Einfahrt. Davor blühten Hortensien, Goldregen, kalifornischer Flieder und Gladiolen. Die Pflanzen sahen aus, als wären sie aus Plastik. Der weiße Kombi stand von oben bis unten voller Staub unter dem Carport. Eine dünne Frau in einem zartlila Kleid stieg aus. Sie schulterte ihre Handtasche und eilte zur Haustür. Doch da war Bob schon aus dem Wagen gesprungen. Justus musste zu seinem Ärger warten, bis Peter ihn von der Rückbank klettern ließ.

»Mrs Kretschmer!«, rief Bob.

Die Frau drehte sich kurz um, dann winkte sie hektisch ab. Die Situation war ihr sichtlich peinlich. »Ich kann jetzt nicht. Ich muss ganz dringend das Abendessen zubereiten. Ich bin schon viel zu spät dran.«

Ächzend arbeitete sich Justus aus dem engen Auto ins Freie. »Mrs Kretschmer, wir müssen dringend reden.«

»Ach ja?« Die Frau begann, in ihrer Tasche zu wühlen.

»Sie haben uns in den Bergen beschattet und sind geflüchtet, als wir Sie entdeckt haben.«

Mrs Kretschmer hatte endlich ihren Haustürschlüssel gefunden. Sie wurde rot im Gesicht. »Das ist nun aber wirklich eine garstige Unterstellung.«

Justus gab sich Mühe, freundlich und sachlich zu klingen. »Dann sagen Sie uns doch einfach, was Sie oben in den Küstenbergen wollten.«

Mrs Kretschmer machte ein ärgerliches Gesicht. »Als ich vorhin mit dir reden wollte, hattest du es sehr eilig.«

»Das stimmt«, räumte Justus ein. »Aber es scheint sich ja wirklich um eine äußerst wichtige und höchst brisante Angelegenheit zu handeln. Nicht wahr?«

»Und ob!« Mrs Kretschmer ließ den Schlüssel sinken. »Wir haben Verbrecher unter uns!«

Justus nickte zustimmend. Er musste Mrs Kretschmer nun unbedingt bei Laune halten.

»Rocky Beach verkommt immer mehr!«, beschwerte sich Mrs Kretschmer. »Darum setze ich mich im Frauenverein nun auch verstärkt für Heimatsicherheit ein. Ich beschatte verdächtige Menschen, erstatte Anzeigen bei der Polizei und biete jetzt auch Verkaufspartys für Alarmanlagen an. Du kannst deiner Tante gerne mal einen Flyer geben. Es gibt für jede Teilnehmerin ein Gläschen alkoholfreien Prosecco und es besteht keine Verpflichtung, etwas zu erwerben.«

»Der Schrottplatz ist auch so recht gut gesichert«, sagte Justus matt.

»Das denkst auch nur du«, erwiderte Mrs Kretschmer. In diesem Punkt hatte sie sogar recht. Schließlich hatten die drei ??? gerade erst einen weiteren Einbruch in die Zentrale erlebt. Aber Tante Mathilda würde ganz sicher nicht auf eine Alarmanlagenparty von Mrs Kretschmer gehen. Deren Putzmittelpartys galten schon als Höhepunkte der Langeweile.

»Na, jedenfalls bin ich gerade an einer ganz heißen Sache dran!« Mrs Kretschmer senkte die Stimme, sodass die Jungen einen Schritt näher kommen mussten, um sie auch richtig zu verstehen. »Ich habe die Band auf eurem Schrottplatz seit Tagen beobachtet. Mein siebter Sinn schlug Alarm. Einer dieser Männer kam mir verdächtig bekannt vor.«

»Wen meinen Sie denn?«

»Wen ich meine?«, fragte Mrs Kretschmer ungläubig. »Na, den Bassisten natürlich. Er trägt eine graue Perücke, die ihn älter macht, aber als er sie nach einer Probe im Wagen abnahm, habe ich ihn wiedererkannt.«

»Der Bassist!«, entfuhr es Bob. »Natürlich!«

Auch Justus wusste plötzlich Bescheid, dabei hatte er ihn nur von Weitem gesehen. »Der Mann, den wir eben in den Bergen besucht haben …«

»Das ist Canyon Brookside!«, sagte Mrs Kretschmer aufgebracht. »Er ist ein Krimineller! Bevor er ins Gefängnis kam, war er ein Einbrecher, der auch vor brutalen Raubüberfällen nicht zurückschreckte. Ich habe es damals aus erster Hand von Mrs Mulligan erfahren. Ihr Mann hat eines seiner Verbrechen so gut wie live miterlebt!«

»Im Country Club«, sagte Peter.

»Genau!«, ereiferte sich Mrs Kretschmer. »Und ich habe diesen Mann mal für eine Gartenparty des Frauenclubs engagiert. Stellt euch das nur vor! Alle waren begeistert, weil er so nett war und für den guten Zweck auf seine Gage verzichtet hat. Dabei wollte er uns alle wohl nur ausrauben.«

»Brookside ist der Bassist von *Bards of Salvage*!«, sagte Peter ungläubig. »Er hat die ganze Zeit vor unserer Nase gespielt.«

»Ganz zu schweigen von unseren Ohren«, fügte Bob hinzu.

»Ich sage es ja!« Mrs Kretschmer pustete energisch Luft aus. »Wie gut, dass ich die Proben überwacht habe. Ich hatte von Anfang an im Gefühl, dass diese ungehobelten Heavy-Metal-Kerle etwas auf dem Kerbholz haben. Und wie immer hatte ich recht! Aber niemand interessiert sich für diesen Skandal. Du wolltest mir nicht zuhören und deine Tante anschließend auch nicht. Nur, weil sie gerade einen Kunden bedient hat.« Mrs Kretschmer warf Justus einen besonders vorwurfsvollen Blick zu. »Ganz allein bin ich dem Mann gestern nach der Probe gefolgt, bis zu diesem Grundstück am Camino Rocho. Dort scheint er in einem Wohnwagen zu hausen. Leider musste ich die Beschattung abbrechen, da ich noch einen Termin hatte.«

»Haben Sie bereits mit jemandem konkret über Ihre unglaubliche Entdeckung gesprochen?«, wollte Justus wissen.

Mrs Kretschmer schnaubte empört. »Wie gesagt, es interessiert sich kaum jemand dafür. Nach meiner misslungenen Aktion musste ich das halbe Telefonbuch von Rocky Beach durchtelefonieren, um auf halbwegs offene Ohren zu stoßen. Mrs Mulligan konnte ich in der Pension auch nicht erreichen, dafür habe ich alle Leute gewarnt, von denen ich weiß, dass sie Mitglied im Country Club sind. Einige haben mir versprochen, die Nachricht weiterzuleiten. Jeder Bürger hat ein Recht, zu wissen, wo das Böse haust.«

»Es ist ja nicht erwiesen, dass Mr Brookside ein Verbrecher ist«, lenkte Bob ein.

Mrs Kretschmer zog ihre spitzen Augenbrauen beinahe bis unter den Haaransatz hoch. »Wie bitte? Er ist verurteilt worden und saß im Gefängnis. Und dahin muss er auch zurück. Solche Leute dürfen hier doch nicht frei durch unsere Stadt laufen!«

Die Haustür wurde geöffnet. Ein blondes, etwa zehnjähriges Mädchen spähte hinaus. Justus war sich nicht sicher, ob es Chastity oder Charity war. Die Töchter von Mrs Kretschmer waren Zwillinge und glichen sich wie ein Ei dem anderen. »Mama, Papa fragt, ob es heute noch Abendessen gibt.«

Mrs Kretschmer räusperte sich. »Gleich, gleich. Mami muss nur kurz etwas Wichtiges klären.«

»Worum geht es denn?«, fragte das Mädchen neugierig.

»Um … Dings …« Mrs Kretschmer zwang sich zu einem salbungsvollen Lächeln. Offensichtlich wollte sie nicht, dass ihre Tochter von den Ermittlungen erfuhr. »Blumen und …«

»… Bienen?«, fragte das Mädchen gut gelaunt.

»Um Himmels willen, nein!« Mrs Kretschmer tätschelte ihrer Tochter hektisch den Kopf. Dann wandte sie sich an die drei ???. »Bitte kümmert euch um … die Blumen!«

Gefahr im Mondschein

»Ich wette, Mrs Kretschmer hält ihren Töchtern die Augen zu, wenn eine Biene im Garten landet«, stöhnte Peter, als die Jungen wieder in Bobs Käfer saßen.

»Ich frage meine Mutter mal, ob sie Lust auf eine Alarmanlagenparty hat«, prustete Bob. Nur Justus blieb ernst.

»Alles klar?«, fragte Peter, als sich der Erste Detektiv auch in den folgenden Minuten nicht am Gespräch beteiligte.

»Er denkt über Canyon Brookside nach«, vermutete Bob. »Das ist schon ein starkes Stück! Der Verurteilte von damals ist der neue Bassist von *Bards of Salvage* und wohnt auch noch bei Bernie Walters in den Bergen. Deswegen kam mir der Mann so bekannt vor. Ohne das Bühnenoutfit mit der Perücke konnte ich ihn nur nicht zuordnen.«

»Wir müssen dringend mit ihm reden«, entschied Justus.

»Aber erst morgen nach der Schule«, sagte Peter. »Ich muss heim und Kelly anrufen.«

»Ich muss auch nach Hause«, gestand Bob.

»Aber es ist wichtig!«, warf Justus ein. »Ich will unbedingt wissen, ob Brookside hinter den Einbrüchen und den Briefen steckt oder ob jemand die Ereignisse von damals für eigene Zwecke benutzt.«

»Wenn er es wirklich war, wird er es dir nicht auf die Nase binden«, meinte Bob.

»Und fahr da bloß nicht alleine hin«, mahnte Peter. »Immerhin wurde der Mann wegen Körperverletzung verurteilt.«

»Ja – aber ob zu Recht, werden wir nicht erfahren, wenn wir jetzt nicht weiterermitteln«, gab Justus zurück.

»Okay, ich bin dabei.« Bob sah Justus durch den Rückspiegel an. »Wir treffen uns später – um neun.«

Ein riesengroßer, rötlicher Mond stand über der schwarzen Silhouette der Küstenberge.

»Das ist ein böses Omen«, murmelte Peter auf der Rückbank.

»Mitnichten, Zweiter«, widersprach Justus, der dieses Mal auf dem Beifahrersitz Platz genommen hatte. »Die orangerote Färbung ist lediglich das Ergebnis von Partikeln in der Luft im Zusammenspiel mit dem Stand des Mondes. Steht er tief, können vor allem die langwelligen rötlichen Strahlen durch die Erdatmosphäre treten.«

»So, wie du es formulierst, klingt es eher nach langweiligen Strahlen«, fand Peter.

»Diesen Kommentar überhöre ich geflissentlich«, gab Justus zurück. »Abgesehen davon teile ich deine Bedenken. Ich glaube zwar nicht, dass der Mond eine Bedrohung darstellt, aber ich habe über Mr Brookside nachgedacht.« Justus machte eine kurze Pause und sah aus dem Fenster hinaus ins Zwielicht. Sie hatten die Häuser von Rocky Beach hinter sich gelassen. Das Scheinwerferlicht des Käfers tanzte nun über staubige Hügelkuppen und einzelne Büsche. Bob lenkte den Käfer um die engen Kurven, bis er die Auffahrt von Bernies Haus erreichte. Sie hörten, dass der Mops heiser bellte. Es klang wütend, beinahe verzweifelt.

»Wir teilen uns besser auf«, entschied Justus. »Bob bleibt in Hörweite beim Wagen.«

»Meinst du, es wird gefährlich?«, fragte Peter leise.

»Wir müssen auf alle Eventualitäten gefasst sein«, erwiderte Justus. »Und jetzt komm.«

Ohne zu klingeln, betraten die beiden das Grundstück. Der Hund schien höchste Alarmstufe zu wittern. Er setzte zu einer neuen Schimpftirade an. Das Wohnhaus lag im Dunkeln. Dafür leuchtete ein paar Meter daneben eine bunte Lichterkette. Sie hing zwischen einem alten, zerbeulten Wohnwagen und einem knorrigen Baum. Und es gab noch eine weitere Lichtquelle. Peter stieß seinen Freund an. Der nickte kaum merklich. Er hatte also auch den unsteten Strahl entdeckt, der im Inneren des Campinganhängers umherwanderte. Man konnte ihn durch die halb geöffneten Gardinen des Wagens sehen. Darin befanden sich Leute. Vermutlich Bernie und Brookside. Durch die nur angelehnte Tür hörte man Stimmen.

»Ich frage jetzt ein letztes Mal!«, donnerte ein wütender Mann. Es klang merkwürdig dumpf. Peter blieb abrupt stehen.

Etwas stimmte hier nicht. Abgesehen von dem aufgebracht bellenden Hund gab es noch andere Unstimmigkeiten. Unter der Lichterkette stand ein gedeckter Campingtisch mit zwei Klappstühlen. Auf den Tellern lag Essen. Unweit davon war ein Grill aufgebaut. Die Kohlen glühten noch. Der Geruch von verkohlten Würstchen stieg Peter in die Nase. Es war unvorsichtig, bei diesen Temperaturen einen Grill unbeaufsichtigt stehen zu lassen. In den Bergen konnte viel zu leicht ein Buschbrand entstehen. Dafür genügten schon kleine Funken. Walters und Brookside mussten ihren Grillabend sehr spontan abgebrochen haben. Vielleicht, weil sie beim Essen überrascht worden waren?

Im Wohnwagen rumpelte es heftig, dann erklang ein Klirren. Der Hund drehte durch.

»Halten Sie die Töle zurück!« Das war wieder die gedämpfte Männerstimme. »Ich will wissen, wo die Beute ist.«

»Welche Beute?«, rief jemand, vermutlich Brookside. »Ich bin kein Dieb.«

»Stellen Sie sich nicht dumm. Sie haben mich im Country Club beraubt und jetzt wollen Sie mich erpressen!«

»Sie liegen komplett falsch«, sagte ein dritter Mann. Der Stimme nach war er älter als die beiden anderen.

»Abgesehen davon hat die Polizei doch alle Wertgegenstände gefunden und an die Besitzer zurückgegeben und –« Ein Schmerzenslaut erklang.

»Ich schlage wieder zu, wenn Sie nicht endlich auspacken! Oder ich nehme mir Ihren senilen Komplizen vor.«

»Lassen Sie Bernie aus dem Spiel oder Sie werden es noch bitter bereuen.«

»Ihre Drohungen prallen an mir ab. Glauben Sie, ein paar hämische Wortspielchen zum Thema Uhr jagen mir Angst ein? ›Beweise‹ – dass ich nicht lache. Einer wie Sie kann mich doch nicht erpressen.«

»Ich will niemanden erpressen«, rief Brookside verzweifelt. »Es sollte nur ein Weckruf sein! Für den eigentlichen Täter!«

»Und das soll ich glauben?«

»Haben Sie Mrs Pushton-Parker die Treppe runtergeschubst?«, fragte Brookside.

»Sind Sie jetzt vollkommen irre geworden? Das waren Sie doch selbst!«

»Ich bin unschuldig!« Brooksides Stimme überschlug sich fast. »Alles, was ich will, ist, dass die Wahrheit ans Licht kommt, damit ich meine Unschuld beweisen kann.«

»Und ich will endlich mein Eigentum zurück. Zur Not mit Gewalt!«

Peter und Justus sahen sich betreten an. Sie mussten unbedingt Hilfe holen. Am besten die Polizei. Doch zunächst mussten sie in Deckung gehen, bevor der wütende Mann sie noch entdeckte. Geduckt huschten sie bis zu dem Auto, das in der Nähe parkte. Es war so staubig, dass Peter das Modell nicht sofort erkennen konnte. Erst, als sie hinter der Kühlerhaube in Deckung gingen, bemerkte der Zweite Detektiv, dass es ein Chevrolet Cavalier war. Der Wagen, den sie gesucht hatten!

Im selben Augenblick trat Peter auf etwas, das am Boden lag. Ein lautes Quietschen ertönte. Justus zuckte zusammen. Fast gleichzeitig wurde die Tür des Wohnwagens aufgestoßen. Im Schein der Lichterkette erschien ein Mann im schwarzen Lederanzug und mit schwarzem Motorradhelm, auf dem sich die bunten Glühbirnen spiegelten. Einen kurzen Moment lang fühlte sich Peter an *Star Wars* erinnert. Die Gestalt atmete hörbar ein und aus. Bei dieser Temperatur musste es in so einem Outfit unerträglich heiß sein. Es erklärte auch die dumpfe Stimme, die nun in Richtung der Jungen rief: »Wer ist da?«

Peter verlagerte sein Gewicht, was ein Fehler war. Das Ding unter seinem Fuß gab erneut einen gequälten Ton von sich. Mit klopfendem Herzen stellte der Zweite Detektiv fest, dass es ein Hundespielzeug war.

Justus blieb dennoch gelassen. »Das Gelände ist umzingelt, die Polizei ist bereits auf dem Weg. Verhalten Sie sich also besser kooperativ.«

»Verdammt!« Der Mann sprang mit einem Satz aus dem Wohnwagen. Wütend stieß er den Campingtisch zur Seite, der gegen den Grill stürzte.

Peter duckte sich. Der Mann kam direkt auf sie zu. Doch dann schlug er einen Haken und rannte auf das nächste Gebüsch zu.

»Hinterher!«, zischte Justus. Peter zögerte nur kurz, dann setzte er sich in Bewegung. Der Mann brach durch das Unterholz und verschwand in der Dunkelheit.

»Zu Fuß kommt der nicht weit«, keuchte Justus irgendwo

hinter Peter. Der Zweite Detektiv bahnte sich einen Weg durch das Gestrüpp. Trotz des Vollmondes konnte man hier kaum noch etwas erkennen. Zweige schlugen ihm ins Gesicht. Er bekam Staub in die Nase. Irgendwo knackte ein trockener Ast. Es raschelte. Peter glaubte, ein Zischen zu hören. Sein Herz schlug schneller. Hier in den Bergen gab es Schlangen! Doch bevor er sich Sorgen um einen giftigen Biss machen konnte, hörte er etwas anderes: Ein Motor wurde angelassen. Erst ertönte ein Röcheln, dann ein Blubbern und schließlich ein aggressives Knattern, das sich kurz darauf entfernte. Peter hielt inne. Sie brauchten sich nicht mehr zu beeilen. Der Mann war fort. Er hatte sich zu der Abzweigung unterhalb des Wäldchens durchgeschlagen und war dort auf ein Motorrad gestiegen. Bis sie Bob oben beim Käfer alarmiert hatten, war der Mann über alle Berge – und das im wahrsten Sinne des Wortes. In diesem Moment roch Peter etwas, das ihn herumfahren ließ. Rauch!

»Feuer!« Die Stimme gehörte zu Justus. »Es brennt!«

Eine brenzlige Situation

Peter rannte los. Mit großen Sprüngen hetzte er zurück zum Campinganhänger. Dort hatte sich die Lage inzwischen dramatisch verändert. Glühende Kohlen waren aus dem umgekippten Grill ins Gras gefallen. Die trockenen Halme hatten sofort Feuer gefangen. Brookside und der alte Bernie Walters versuchten verzweifelt, Herr der Lage zu werden, indem sie kleine Flammen auf dem Boden austraten.

Justus schnappte sich einen Eimer Wasser, der neben dem Grill gestanden hatte. Er goss ihn mit Schwung über die Flammen. Es zischte. Rauch stieg auf. Aber das Feuer breitete sich weiter aus.

Nun tauchte auch Bob auf. Mit einem Blick erkannte er den Ernst der Lage. »Das reicht nicht!«

»Das wissen wir auch«, brüllte ihm Peter zu. »Ruf die Feuerwehr!« Der Zweite Detektiv wollte selbst keine Zeit verschwenden, um nach seinem Handy zu suchen und den Notruf zu wählen. Er rannte zum Haus. Irgendwo musste es doch einen Schlauch geben und einen Wasserhahn. »Wir brauchen Wasser! Viel Wasser!«

»Ich übernehme das!«, rief Canyon Brookside. »Ihr müsst Sand auf das Feuer schippen und es ersticken. Schaufeln liegen unter dem Wohnwagen.«

Der Mops drehte sich panisch im Kreis. Mr Walters nahm ihn hoch und klemmte ihn sich unter den Arm. »Kommt!«

Peter stellte keine weiteren Fragen. Er ließ sich eine Schaufel geben und machte sich gemeinsam mit dem Ersten Detektiv sofort ans Werk.

Nur Augenblicke später stellte Canyon Brookside einen Gartenschlauch an und konnte damit das Feuer auf dem sandigen Boden hinter dem Haus ausbremsen. Dafür steuerte es jetzt auf das trockene Gebüsch in der Senke zu. Wenn das Feuer die Büsche erreichte, würde es sich rasant ausbreiten und zu einer Katastrophe führen. Einmal in Fahrt, würden die Flammen alles verschlingen, was ihnen in den Weg kam, und auch vor den Häusern der Stadt nicht haltmachen. Die Jungen schaufelten, was das Zeug hielt. Erst zu zweit, dann zu dritt.

»Die Feuerwehr ist alarmiert«, war alles, was Bob sagte, als er zu seinen Freunden stieß.

Mr Walters ging jetzt einhändig mit einem Feuerlöscher ans Werk. Schaumflocken wehten durch die Nacht. Der Mops unter dem anderen Arm bellte ihnen wütend hinterher. Aschefetzen, Rauch und Wassertropfen mischten sich in der Luft zu einem grauen Nebel.

Im Akkord schleuderten die drei ??? Sand auf die Flammen.

Ihre Arme schmerzten bereits von der harten Arbeit, aber sie ließen nicht nach.

Unten in Rocky Beach erklang das Jaulen einer Sirene. »Bitte beeilt euch!«, flehte Bob.

»Mach schon mal das Tor auf, Junge!«, rief Bernie Walters dem dritten Detektiv zu. Ohne zu zögern verschwand Bob in Richtung Straße.

Die Sirene wurde lauter. Ein zweites Horn erklang. Wenig später rollte der erste Löschzug auf das Gelände, gefolgt von einem weiteren Feuerwehrfahrzeug. Von da an ging es sehr schnell. Männer in Uniform sprangen aus dem Wagen. Die Jungen machten Platz für die Feuerwehrleute, die nun mit Hochdruck Wasser auf die Brandherde spritzten. Und zwar keinen Moment zu früh. Der erste Busch stand schon in Flammen. Funken stieben in die Luft.

»Weiter!«, herrschte Peter seine Freunde an. Bob und Justus waren stehen geblieben, um den Einsatzkräften zuzuschauen. Auch wenn die Feuerwehr nun übernahm, gab es doch noch genug zu tun. Bei einem drohenden Buschbrand war kein Helfer zu viel.

Es dauerte dann auch eine ganze Weile, bis sie das Feuer unter Kontrolle hatten. Inzwischen war zusätzlich die Polizei eingetroffen. Für die Berge war das Sheriff Department zuständig. Der Sheriff und sein Deputy redeten mit Bernie Walters, der sehr erschöpft aussah. Der alte Mann hatte ein rußverschmiertes Gesicht und presste den kläffenden Mops an seine Brust.

Die drei ??? sollten auch noch befragt werden und mussten vor Ort bleiben. Daher gesellten sie sich zu Canyon Brookside. Der Mann stand etwas abseits und wischte sich die Stirn mit einem Stofftaschentuch ab.

»Alles in Ordnung?«, fragte Bob.

Er nickte. »Aber ohne euch wäre das schlimm ausgegangen.«

»Was ist hier vorgefallen?«, wollte Justus wissen.

Canyon Brookside sah zu den Leuten vom Sheriff Department hinüber. Sie standen weit genug weg, um das Gespräch nicht zu hören. »Es ist sehr kompliziert.«

»Sie wurden beim Grillen überfallen«, schlussfolgerte Justus.

»Von einem Mann mit Motorradhelm«, fügte Peter hinzu. »Er will die Beute von damals wiederhaben.«

Canyon Brookside stöhnte. »Stimmt. Und ich habe wirklich keine Ahnung, was er meint.«

»Der Mann sucht Diebesgut aus dem Country Club«, vermutete Justus. »Etwas, das vor zehn Jahren gestohlen wurde, in Ihrem Spind jedoch nicht wieder aufgetaucht ist?«

Canyon Brookside sah sich erschrocken um. Als er sah, dass der Sheriff noch immer beschäftigt war, entspannte er sich etwas. »Ihr seid Detektive, nicht wahr? Ich weiß nicht, was ihr herausgefunden habt, aber ihr müsst mir glauben: Ich habe nichts gestohlen!«

»Wir sind über die Geschichte von damals bestens informiert, Mr Brookside«, versicherte Justus. »Sie wurden vor zehn Jahren nicht nur wegen Diebstals verurteilt, sondern auch dafür, Mrs Pushton-Parker von der Treppe gestoßen zu haben.

Nun scheint es aber, als wäre jemand anderes für die Tat verantwortlich gewesen.«

»Wenn ich nur wüsste, wer!« Canyon Brookside sah ehrlich verzweifelt aus. »Man hat mir das alles einfach in die Schuhe geschoben. Ich habe gerade die Herrentoilette im ersten Stock geputzt, als draußen ein Schrei ertönte. Natürlich ließ ich alles stehen und liegen, doch ich war nicht schnell genug. Als ich an der Treppe ankam, lag die Frau schon unten. Danach haben plötzlich alle gegen mich ausgesagt. Niemand hat mir geglaubt – außer Bernie.«

»Mit Ihren Einbrüchen, den Botschaften und dem Bluff mit den angeblichen Beweisen wollten Sie den wahren Verbrecher aus der Reserve locken, um endlich Ihre Unschuld beweisen zu können«, sagte Justus. »Das haben wir eben mit angehört.«

»Warum haben Sie nach Ihrer Freilassung keinen Detektiv beauftragt?«, wollte Peter wissen.

»Wovon denn?«, fragte Canyon Brookside. »Seit ich aus dem Gefängnis draußen bin, schlage ich mich mit Gelegenheitsjobs durch. Ich besitze nichts außer meinem Auto und einem Koffer mit Kleidung. In Minnesota hatte ich einmal eine richtig gute Arbeit. Aber dann fand jemand heraus, dass ich im Knast war. Danach musste ich gehen.«

»Das klingt übel«, gab Bob zu.

»Es war aussichtslos«, sagte Brookside verbittert. »Nur Bernie hielt zu mir. Ich habe gelogen, als ich sagte, er wäre mein Onkel. Wir sind nicht verwandt, aber er war schon früher wie ein Vater für mich. All die Jahre haben wir Kontakt gehalten, auch als ich im Gefängnis saß, war er für mich da. Als ich ihn dann vor ein paar Monaten besucht habe, fuhr ich am Country Club vorbei. Da hatte ich diese Eingebung, dass ich nie wieder glücklich werde, wenn ich die Vergangenheit nicht in Ordnung bringen kann.«

»Daraus ist die Idee für die Aktion mit den Einbrüchen und den Botschaften entstanden?«, wollte Peter wissen.

»Bernie fand, dass ich den reichen Leuten eine Lektion erteilen sollte. Sie hatten schließlich nur allzu bereitwillig gegen mich ausgesagt. Ich hingegen wollte einfach den wahren Täter finden. Eigentlich war ein drittes Zeichen geplant: eine festliche Einladung in den Country Club und die Ankündigung, dass ich dort etwas präsentieren würde. Ich wollte alle wieder dort versammeln, wo es begonnen hat. Aber anscheinend ist der Täter mir zuvorgekommen.«

»Der Mann von heute kann nicht der Dieb gewesen sein«, sagte Justus scharfsinnig. »Sonst hätte er Sie nicht nach der Beute gefragt. Er ist damals selbst bestohlen worden.«

»Du hast recht, das klingt logisch«, fand Mr Brookside.

»Darüber hinaus scheint der Motorradfahrer zu der Gruppe von Personen zu gehören, bei denen Sie eingebrochen sind. Haben alle die Botschaften bekommen?«

»Ja«, bestätigte Brookside. »Alle, die am Abend des Überfalls im Club waren – nur Bernie nicht. Er ist ja auf meiner Seite. Außerdem hat er als Einziger ein wasserdichtes Alibi für den Abend. Er hat draußen am Pool Reparaturen durchgeführt und wurde dabei von den Überwachungskameras gefilmt.«

»Immerhin können wir für den Angriff von eben Mrs Pushton-Parker ausschließen, da sie eine Frau ist«, fügte der dritte Detektiv hinzu.

»Das stimmt«, sagte Justus. »Mr Mulligan fällt als Motorradfahrer ebenfalls aus. Er liegt noch im Krankenhaus, ist nicht mehr der Jüngste und hätte nie so schnell fliehen können.«

»Aber Mr Swift käme infrage«, sagte Bob.

»Und Mr Owens!«, rief Peter eine Spur zu laut. Sofort drehten sich alle zum Sheriff um. Doch der hatte nichts mitbekommen. »Vielleicht hat der echte Dieb ihm damals etwas Wertvolles geklaut und er will es jetzt unbedingt zurückhaben. Er ist ja nun wirklich ziemlich knapp bei Kasse.«

Mr Brookside sah wieder zum Sheriff hinüber. »Die Frage ist, was ich der Polizei jetzt sagen soll.«

»Die Wahrheit.« Justus sah den Mann ernst an. »Auch wenn Sie für die Taten im Club nicht verantwortlich waren, sind Sie doch in mehrere Häuser eingedrungen.«

»Ich habe nichts gestohlen und nichts zerstört«, verteidigte sich Mr Brookside. Dann fügte jedoch hinzu: »Aber natürlich ist es trotzdem Hausfriedensbruch.«

»Berichten Sie dem Sheriff erst mal nur das, was heute Abend mit dem Motorradfahrer vorgefallen ist«, riet Justus. »Morgen fahren Sie zum Polizeipräsidium von Rocky Beach und erzählen den Rest. Bitte sorgen Sie dafür, dass Sie mit Inspektor Cotta reden können.«

»Ich muss mich wohl wirklich stellen«, sagte Brookside.

»Wenn Sie freiwillig gestehen, sollte Sie bei der Sachlage

keine schwerwiegende Strafe erwarten«, erklärte Justus. »Bislang haben ja auch nur Mrs Mulligan und Mr Swift die Einbrüche bei der Polizei gemeldet. Sie haben nichts gestohlen und keine Sachbeschädigung begangen. Wenn wir Ihre Unschuld beweisen können, wird Ihnen die Strafe darüber hinaus sicherlich mit der Zeit im Gefängnis verrechnet und Sie hätten trotzdem noch ein Anrecht auf Entschädigung.«

Peter gähnte. »Ich frage mich, was für eine Strafe ich bekomme, wenn meine Eltern morgen meine schmutzigen, stinkenden Sachen entdecken. Die denken doch, ich hätte heimlich ein Lagerfeuer gemacht.«

»Sag einfach die Wahrheit«, schlug Canyon Brookside vor. »So wie ich.«

»Mr Owens oder Mr Swift, das ist hier die Frage«, sagte Justus, als Bob den VW etwas später durch das nächtliche Rocky Beach steuerte.

»Mr Owens hat ein Motiv«, gab Peter zurück.

Bob hielt an einer Ampel. »Hat Mr Owens denn überhaupt ein Motorrad?«

»Mr Swift hat eins«, sagte Justus. »Eine Militärmaschine aus dem Zweiten Weltkrieg.«

»Bingo!«, rief Peter. »Vom Klang her würde das perfekt zu dem Motor passen, den ich gehört habe. Die Maschine war definitiv ein Oldtimer.«

Justus nickte überzeugt. »Lasst uns Mr Swift spontan noch einen Besuch abstatten.«

»Klar, warum nicht, aber mach dir keine zu großen Hoffnungen, Just«, sagte Peter. »Bestimmt tut er so, als würden wir seinen Schönheitsschlaf stören. Du glaubst doch wohl nicht, dass er uns einfach so in die Garage lässt, damit wir sein Motorrad untersuchen können.«

»Mr Swift ist pedantisch, wenn es um seine Besitztümer geht«, erwiderte Justus. »Ich kann mir nicht vorstellen, dass er ein heiß geliebtes Sammlerobjekt über Nacht ungeputzt stehen lässt. Gehen wir davon aus, dass er sich auf der sicheren Seite wähnt und gerade damit beschäftigt ist, die Maschine gründlich zu reinigen.«

»Meinst du?«, fragte Bob skeptisch.

»Alles andere würde mich sehr wundern.«

»Stimmt«, sagte nun auch Peter. »Oldtimer gehen schnell kaputt, wenn man sie schlecht pflegt.«

»Da ist noch etwas«, sagte Justus. »Ich habe über das Wortspiel nachgedacht, das der Motorradfahrer erwähnt hat. Er glaubte, Mr Brookside würde in seinen Botschaften auf eine Uhr hinweisen.«

»Meinst du, ihm wurde damals eine Uhr gestohlen?«, fragte Bob. »Dann hätte er das der Polizei melden können. Außerdem wurde doch angeblich die komplette Beute gefunden.«

»Das gilt es zu überprüfen.«

»Wie willst du bei Swift denn vorgehen?«, fragte Bob.

»Ich habe bereits eine Idee.« Justus sah auf seine Armbanduhr. »Trotz der späten Stunde müssen wir allerdings noch einen kleinen Umweg fahren und jemanden abholen.«

Besuch in der Nacht

Mr Swifts Garage war nicht einfach ein Betonklotz, sondern ein hübsches Häuschen mit riesigen weißen Toren. In jedem Tor befanden sich mehrere kleine Fensterscheiben, durch die jetzt ein warmer Lichtschein fiel.

»Na bitte«, sagte Justus zufrieden, als er klingelte. »Er ist in der Garage.«

Kurz darauf erschien Mr Swift am Tor. Er trug einen Blaumann mit Werkzeuggürtel und seine Haarwellen waren platt gedrückt, als hätte er erst vor Kurzem einen Helm abgenommen. Sein Gesichtsausdruck verriet nichts Gutes. »Was soll das?«, beschwerte er sich bereits im Näherkommen. Dann erkannte er Justus. »Es ist mitten in der Nacht! Auch Fans können hier nicht zu jeder beliebigen Tageszeit auftauchen.«

»Wir wollen mit Ihnen über die Uhr reden.«

»Wie bitte?« Swift riss erschrocken die Augen auf, hatte sich aber schnell wieder im Griff.

»Das unerträgliche Ticken der Lüge hat ein Ende, wenn die

Stunde der Wahrheit schrillt«, zitierte Justus die Botschaft von Canyon Brookside.

»Ihr steckt dahinter?«, fauchte Swift. »Und jetzt denkt ihr, ihr könnt mich erpressen? Dann seid ihr aber auf dem falschen Dampfer.«

»Sie möchten Ihre Uhr zurück, weil sie ein besonderes Sammlerstück ist«, redete Justus gelassen weiter. Er beobachtete Swift, dem Schweißperlen auf die Stirn traten. »Sie war damals nicht bei der übrigen Beute im Spind, nicht wahr?«

»Gar nichts sage ich euch«, fauchte Mr Swift. »Gleich rufe ich die Polizei.«

»Gern«, sagte Justus ungerührt. »Sie haben die Uhr damals nicht als gestohlen gemeldet, gleichwohl sind Sie bereit, für den Zeitmesser Gewalt anzuwenden. Anscheinend konnten Sie die Polizei damals nicht um Hilfe bitten, weil niemand von dem guten Stück wissen durfte. Und jetzt wüssten Sie wohl gerne, wo die Uhr ist.« Justus lächelte überlegen. »Aber das sagen wir Ihnen nicht.«

»Wollt ihr mich also wirklich erpressen?«, rief Mr Swift zornig. Er funkelte die drei ??? an und senkte die Stimme zu einem bösen Flüstern. »Ihr könnt mit der Uhr eh nichts anfangen. Wenn ihr sie verkaufen wollt, werdet ihr verhaftet.«

»Ein Uhrensammler ist interessiert«, bluffte Justus. »Wenn Sie nicht kooperieren, zahlt er jedem von uns hundert Dollar.«

»Dreihundert Dollar?« Mr Swift verlor nun endgültig die Beherrschung. »Ihr Banausen! Es ist die Taschenuhr von George Washington! Das war der erste Präsident der USA! Der

Gründervater dieses Landes! Ich muss sie wiederhaben. Dafür zahle ich euch auch ein fürstliches Taschengeld. Sagen wir dreitausend Dollar?«

»Die Uhr gehört in ein Museum«, sagte Justus mit diabolischer Gelassenheit.

»Viertausend Dollar«, feilschte Mr Swift.

Justus schüttelte den Kopf.

»Die Uhr gehört mir!«, fauchte Mr Swift. »Gebt sie mir zurück oder macht euch auf etwas gefasst!«

»Wollen Sie uns etwa verprügeln?«, fragte Peter. »Oder brennen Sie bei uns zu Hause alles nieder, so wie bei Mr Brookside?«

»Wollt ihr es wirklich herausfinden?«, fragte Mr Swift drohend, während er das Tor aufschloss. »Wisst ihr, wie ich mit Leuten umgehe, die sich mir in den Weg stellen?«

Die Jungen wichen ein paar Schritte zurück, doch Swift war schneller. Er schnappte sich Bob und riss ihn mit einer Hand an sich. Mit der anderen zog er einen Schraubenzieher aus dem Gürtel. »Na, immer noch mutig?«

»Um Himmels willen!« Justus musste seinen Schrecken nicht einmal spielen. »Ich gebe Ihnen die Uhr! Bitte lassen sie meinen Freund los.«

»Keine Spielchen.«

Der Erste Detektiv schüttelte mechanisch den Kopf. »Ich … ich habe sie dabei … Moment.«

Swifts Blick war auf Justus geheftet, der umständlich in seinen Taschen kramte. Sein Griff lockerte sich. Langsam senkte sich dann auch der Arm mit dem Schraubenzieher – und Peter zögerte nicht. Blitzschnell schoss er vor und rammte den Mann. Der Schraubenzieher fiel klirrend zu Boden. Bob tauchte unter dem Schauspieler weg.

Beinahe gleichzeitig löste sich aus dem Schatten neben dem Tor eine Gestalt. »Halt! Es ist aus!«

Swift – der gerade noch mit Peter gerungen hatte – erstarrte in der Bewegung. »Wer sind Sie denn?«

»Mein Name ist Samuel Reynolds«, antwortete der Mann, der nun ins Licht der Torlampen trat. »Zwar bin ich Kommissar außer Dienst, aber die Kollegen werden meine Zeugenaussage natürlich sehr schätzen. Zumal dieser besondere Fall bis in meine Dienstzeit zurückreicht.«

»Wollen Sie mein Handy benutzen, um die Polizei zu verständigen, Sir?«, fragte Bob erleichtert.

»Eine gute Idee.« Reynolds schmunzelte zufrieden. »Ich werde dann ausführlich zu Protokoll geben, was ich soeben gehört habe.«

»Sagen Sie den Beamten auch, dass in der Garage das Motorrad steht, mit dem Mr Swift heute Abend in den Küstenbergen war, um Mr Brookside zu bedrohen«, bat Justus. »Einen schwarzen Helm und einen Lederanzug sollten Sie dort ebenfalls finden. Das dürfte der Spurensicherung reichen, um Mr Swift auch für seine heutige Tat zu überführen.«

»Ich verbitte mir das!«, sagte Mr Swift entsetzt. »Ich werde der Polizei einfach den Zutritt verweigern!«

»Das macht Ihre Lage nur schlimmer«, mischte sich Kommissar Reynolds ein. »Die Beweislage in dieser Sache ist erdrückend und die Zeugenaussagen sprechen für sich. Sie sollten also besser kooperieren.«

Justus lächelte zufrieden. »Suchen Sie sich schon mal die Telefonnummer Ihres Anwalts heraus, Mr Swift.«

Showtime

Der Country Club von Rocky Beach lag friedlich in der Abenddämmerung. Auf der Terrasse am Pool nahmen noch ein paar Mitglieder einen Drink. Im großen Raum im Erdgeschoss fand eine geschlossene Gesellschaft statt. Olivia hatte den Vorstand erfolgreich davon überzeugt, ihr den *Saal 1* für eine Stunde zu überlassen. Ansonsten war es in erster Linie Justus gewesen, der in den vergangenen zwei Tagen erstaunlich viel erreicht hatte. Peter und Bob hatten ihren Freund dabei unterstützt, so gut es ging. Nur die Schule hatte etwas unter dem Einsatz für den Fall gelitten. Die drei ??? hatten erneut mit Kommissar Reynolds gesprochen, eine ganze Stunde im Wohnzimmer von Mrs Kretschmer ausgeharrt und Mr Mulligan im Krankenhaus besucht. Sie hatten Olivia getroffen, ein tiefes Loch gegraben, hatten Golfer und ehemalige Schüler der Highschool befragt. Außerdem waren sie in einem Sportstudio gewesen. Die Akte des Falls war inzwischen richtig dick geworden. Jetzt war es an der Zeit, den Fall abzuschließen.

Souverän begrüßte Justus Jonas seine Gäste. Als Erstes traf Pamela Pushton-Parker ein. Olivia begleitete sie, musste sich allerdings mit Peter und Bob an einen Tisch in der Ecke setzen. Als Nächstes erschien Edgar Mulligan. Er war aus dem Krankenhaus entlassen worden und wirkte noch etwas angeschlagen. Peter stellte ihm schnell einen Stuhl neben die Bar. Denn dort sollte Mr Mulligan Stellung beziehen. Bob brachte dem älteren Herrn ein Wasser.

»Es geht schon«, sagte Mr Mulligan freundlich. »Ich bin fit wie ein Sportschuh … beinahe jedenfalls.«

In diesem Moment trat Mr Owens in den Raum. Er trug ein altes T-Shirt und roch intensiv nach Zigarettenrauch. Pamela Pushton-Parker musterte ihn kritisch, hielt sich jedoch mit einem Kommentar zurück. Noch kritischere Blicke ernteten der ehemalige Hausmeister Bernie Walters und Canyon Brookside. Beide sollten zunächst neben der Tür warten.

»Herzlich willkommen«, sagte Justus, nachdem er mit einem Löffel an sein Wasserglas geschlagen hatte. Er sah in gespannte Gesichter. Sie erwarteten die Aufklärung der Einbrüche, aber die meisten Gäste hatten keine Ahnung, worum es an diesem Abend wirklich ging. Das würde sich nun ändern. »Ich freue mich, dass Sie alle kommen konnten – wenn man von Mr Swift absieht, der leider verhindert ist. Wir versammeln uns an diesem Abend aus einem sehr ernsten Anlass: dem Jahrestag eines Verbrechens.«

Justus sah, dass einige Zuhörer nickten, anderen starrten ihn nur weiter erwartungsvoll an. »Genau heute vor zehn Jahren befanden Sie sich ebenfalls in diesem Raum: Mr Mulligan als Barmann, Mrs Pushton-Parker, Mr Owens und Mr Swift als Organisatoren des Golfturniers. Mr Walters befand sich draußen am Pool und Mr Brookside war mit der Reinigung des Obergeschosses beschäftigt. Wie wir erfahren haben, ging es bei der Besprechung des Organisationsteams nicht nur um die anstehende Veranstaltung, sondern auch um mehrere Diebstähle, die im Club vorgekommen waren. Mr Owens hatte bereits ein paar Tage zuvor verlauten lassen, dass er einen Privatdetektiv einschalten wollte. Die Leitung des Clubs war von dieser Idee begeistert. Dies bekam auch der Taschendieb mit und er erkannte, dass die Situation für ihn sehr brenzlig werden könnte. Also setzte er alles auf eine Karte und schlug an diesem Abend erneut zu.« Justus wanderte vor seinem Publikum langsam auf und ab. »Mit weitreichenden Folgen. Der mutmaßliche Täter wurde noch am Tatort überführt und kurz darauf zu einer Gefängnisstrafe verurteilt.«

»Mutmaßlich?«, rief Mr Owens quer durch den Raum. »Soll das bedeuten, dass das Verbrechen von einer anderen Person begangen wurde?«

Mr Mulligan schüttelte zweifelnd den Kopf. »Der Kerl wurde auf frischer Tat ertappt und wir haben alle nach bestem Wissen und Gewissen ausgesagt.«

»Ich hatte nach dem Abend immer wieder Albträume von dem Sturz«, sagte Mrs Pushton-Parker, sichtlich um Fassung bemüht. »Aber es hat mich gestärkt zu wissen, dass der Schuldige hinter Gittern sitzt.«

»Nun hören Sie doch, was der Junge zu sagen hat«, meldete sich der alte Hausmeister zu Wort.

»Danke, Mr Walters«, sagte Justus. »Wie wir wissen, wurden die Ermittlungen nach der Festnahme von Canyon Brookside eingestellt. Aber wir«, er deutete in die Richtung von Peter und Bob, »haben uns die Mühe gemacht, den Abend durch Gespräche mit allen Beteiligten, so gut es geht, zu rekonstruieren.« Der Erste Detektiv stieg auf die kleine Bühne, was den dramatischen Effekt seiner Worte verstärkte. »Der Überfall fand in einer Besprechungspause statt. Das war um neun Uhr. Mr Mulligan befand sich an der Bar, wo er Mr Owens einen Whiskey servierte. Das konnte auch Mr Owens bestätigen. Mrs Pushton-Parker ging in den ersten Stock, um dort die Toilette aufzusuchen. Mr Swift redete kurz mit Mr Owens und suchte danach das WC im Erdgeschoss auf. So kam es auch, dass er als Erster zur Stelle war, als Pamela Pushton-Parker auf der Treppe stürzte.«

»Ganz richtig«, sagte Olivias Mutter. »Ich lag auf den Stufen und rief um Hilfe. Mr Swift kam auf den Flur gelaufen und hat mir geholfen.«

»Daraus können wir schließen, dass sich Mr Swift zum Tatzeitpunkt im Erdgeschoss befand – genau wie Mr Mulligan und Mr Owens, die sich gegenseitig ein Alibi verschaffen konnten. Hausmeister Walters betrat das Clubhaus kurz darauf durch den Haupteingang und rief im Büro die Polizei sowie einen Krankenwagen.«

»Es kann einfach nur Mr Brookside gewesen sein«, sagte

Olivias Mutter. »Er war als Einziger im ersten Stock und mein Collier wurde in seinem Putzeimer gefunden!«

»Mr Brookside war in der Tat im Obergeschoss«, bestätigte Justus. »Aber weswegen sollte er es wagen, in genau dieser Situation zuzuschlagen, in der er automatisch zum Hauptverdächtigen werden würde?«

»Es war die reine Gier!«, sagte Mrs Pushton-Parker im Brustton der Überzeugung. »Er hat den Schmuck gesehen und alle Vorsicht vergessen.«

»Möglich«, sagte Justus. »Ich habe meine Theorie bereits erläutert: Der wahre Dieb hatte Angst aufzufliegen. Ein Detektiv sollte engagiert werden und der Täter wusste, dass ihm noch jemand auf der Spur war – jemand, der auch zu illegalen Mitteln greifen würde, um wieder an die Beute zu gelangen. Also musste ein Schuldiger her – ein Sündenbock, der die Misere beenden würde. Und das möglichst schnell, unkompliziert und ohne weitere Ermittlungen.«

»Und wer ist nun der wahre Täter, Junge?«, fragte Mr Owens ungeduldig.

Auch Mrs Pushton-Parker schien nicht länger zuhören zu wollen. »Nun spann uns doch nicht so auf die Folter!«

»Es war jemand, dem es nicht um den Wert der Beute ging, sondern um etwas anderes.« Justus machte sich gerade. »Während die Männer an der Bar standen, ging der echte Taschendieb vor der Besprechung zum Mitarbeiterraum im Erdgeschoss, knackte das Schloss am Spind von Mr Brookside und versteckte dort die Diebesbeute. Aber das reichte noch nicht. Mr Brookside sollte möglichst direkt durch eine eindeutige Tat überführt werden. Dafür wurde im ersten Stock das Collier im Putzeimer versteckt. Ungeplant war nur, dass der Taschendieb dann auf der Treppe stürzte und sich den Knöchel verstauchte.«

»Moment mal!« Mrs Pushton-Parker sprang auf. »Was willst du damit andeuten?«

»Es gab nie einen Überfall, dafür aber einen echten Sturz«, sagte Justus. »Das kam Ihnen sogar entgegen, weil der verstauchte Knöchel keinen Zweifel daran zuließ, dass Sie angegriffen worden waren.«

Mrs Pushton-Parker sprang auf. »Was erlaubst du dir? Ich habe es doch nicht nötig, Diebstähle zu begehen! Weißt du eigentlich, was mein Mann verdient?«

»Es ging Ihnen ja nie um das Geld«, antwortete Justus gelassen. »Sie brauchten die Anspannung, den Nervenkitzel und die Herausforderung.«

»Ich soll in der Lage sein, einen Spind zu knacken und unbeobachtet Menschen zu bestehlen?«, fragte Mrs Pushton-Parker gereizt. »Ich habe Wirtschaftswissenschaften an einer Elite-Universität studiert, da lernt man solche Sachen wohl kaum!«

»Dazu konnten Ihre Mitschüler aus der Highschool uns interessante Informationen geben«, sagte Justus. »Bob, würdest du bitte das Ergebnis unserer Recherchen vortragen?«

Der dritte Detektiv nickte und klappte sein Notizbuch auf. »Mehrere Leute gaben zu Protokoll, dass eine gewisse Pamela

Pushton im Abschlussjahr mit einer Haarnadel den Spind von Eudora Kretschmer öffnete, um deren Tagebuch zu entwenden. Zudem wird ihr ein Streich angerechnet, bei dem mehrere Arbeitsbögen aus der verschließbaren Tasche eines Lehrers verschwanden.«

»Eudora Kretschmer hat euch diesen Unsinn erzählt, nicht wahr?«, fauchte Mrs Pushton-Parker. »Und ihr glaubt dieser Vogelscheuche auch noch?«

»Wir haben, wie gesagt, mehrere Quellen«, sagte Justus. »Interessant war, dass sich sämtliche Mitschüler daran erinnern konnten, dass damals auch häufiger Dinge verschwanden: mal eine Geldbörse, mal ein Kettchen oder eine Sportmedaille. Verdächtigt wurde ein Schüler aus armem Elternhaus.«

»Da hat eben jemand versucht, sein Taschengeld aufzubessern.« Mrs Pushton-Parker schüttelte vehement den Kopf.

»Sagt Ihnen der Begriff Kleptomanie etwas?«, fragte Justus.

»Jetzt komm mir nicht damit!«

»Kleptomanie bezeichnet den Zwang, Gegenstände zu stehlen. Nicht etwa, um sich zu bereichern, sondern um die damit verbundene Aufregung zu empfinden«, erklärte der Erste Detektiv. »Wie wir durch ausführliche Gespräche mit Menschen aus Ihrem Umfeld erfahren haben, langweilen Sie sich äußerst schnell. Sie sind hochintelligent, brauchen ständig neue Herausforderungen und halten monotone Routinen kaum aus.«

»Du bist kein Psychologe, Junge! Außerdem kannst du das alles gar nicht beweisen.«

»Oh doch, das kann ich.« Justus holte eine kleine Plastiktüte aus seiner Tasche. »In diesem Beutel befindet sich das einzige Diebesgut, das damals nicht wieder auftauchte: die Taschenuhr, die Sie Mr Swift klauten. Unseren Recherchen zufolge waren die Nachrichten damals voll von einem spektakulären Diebstahl im Petersen-Museum in Hollywood. Es gab zahlreiche Fotos von einer Uhr, die geklaut wurde – dieser Uhr hier.«

Mrs Pushton-Parker schnappte nach Luft.

»Wir gehen davon aus, dass Sie die Uhr erkannten. Ungewollt steckten Sie plötzlich in einer deutlich größeren Diebstahlgeschichte mit drin. Immerhin war es die Uhr von Präsident George Washington, wie man unschwer an der Gravur auf der Rückseite erkennen kann. Sie hatten unbewusst einen Dieb bestohlen und mussten fürchten, dass dieser alles daransetzen würde, um das heikle Sammlerstück zurückzubekommen. Vielleicht hätten Sie die Uhr einfach unauffällig wieder in Mr Swifts Jackentasche gesteckt, doch während Sie noch auf den richtigen Zeitpunkt warteten, verschwand die Uhr.« Justus lächelte bedauernd. »Eine unschöne Geschichte, die Sie vermutlich sehr unter Druck gesetzt hat. Bestimmt fragen Sie sich bis heute, wo die Uhr abgeblieben war. Dafür bitte ich die verantwortliche Person auf die Bühne.«

Applaus

Mit schweren Schritten und gesenktem Kopf erklomm Olivia Parker die Bühne. Ihre Mutter starrte sie fassungslos an.

Das Mädchen holte tief Luft. »Als ich von Justus hörte, dass die Taschenuhr von George Washington mit dem Fall zusammenhängt, ist mir einiges klar geworden.«

»Gut, dass du uns die Wahrheit anvertraut hast«, sagte Justus freundlich. »Die Uhr wurde nämlich nicht nur zweimal, sondern gleich dreimal geklaut. Aber bitte erkläre du uns doch, wie es vor zehn Jahren dazu kam.«

»Meine Mutter hatte wieder einmal keine Zeit für mich und ich habe mich gelangweilt. Darum habe ich in ihren Sachen gestöbert.« Olivias Stimme zitterte hörbar. »Die Uhr sah so aus wie ein Teil aus einem Piratenschatz und ich habe sie zum Spielen mit nach draußen genommen. Dort ist mir der Deckel abgebrochen. Ich hatte so ein schrecklich schlechtes Gewissen, dass ich die Uhr vergraben habe.« Olivia rieb sich mit einer Hand über die Augen. »Ich habe mich einfach nicht getraut, meiner Mutter die Wahrheit zu sagen. Zwei Tage später hat sie unsere damalige Putzhilfe mit der Begründung entlassen, dass sie Wertgegenstände geklaut habe. Da habe ich Panik bekommen. Ich bin vor Schuldgefühlen sogar richtig krank geworden.«

»So kam es, dass Sie die Uhr nicht zurückgeben konnten«, sagte Justus zu Olivias Mutter. »Stattdessen entschieden Sie sich erneut für den Nervenkitzel.«

»Das ist alles gelogen«, behauptete Pamela Pushton-Parker. Sie verschränkte die Arme.

Inzwischen war auch Bob auf die Bühne gestiegen. Er stellte sich ganz nah zu Olivia. »Wir haben die Uhr bei Ihnen im Garten ausgegraben – hinter dem Poolhaus.«

Einen Augenblick rang Mrs Pushton-Parker nach Worten, doch sie war noch nicht bereit aufzugeben. »Was soll das schon beweisen? Außerdem wurde hier im Club nie wieder etwas gestohlen. Wie passt das mit deiner Theorie zusammen, wenn ich doch angeblich eine Kleptomanin bin?«

»Dafür kam es seitdem in einem exklusiven Sportstudio in Malibu öfter zu Taschendiebstählen«, erwiderte Justus. »Dort trainieren Sie Karate und Taekwondo. Diese asiatischen Kampfkunsttechniken haben Sie wiederum eingesetzt, als Sie mich auf dem Schrottplatz angriffen. Sie wollten verhindern, dass wir weiter ermitteln. Aber so leicht konnten Sie uns nicht abschrecken. Daher versuchten Sie es im Country Club erneut. Sie lockten uns in die Shooting Range.«

»Ich war Golf spielen und hatte gar keine Zeit, euch anzugreifen!«, empörte sich Mrs Pushton-Parker.

»Nein. Wie wir erfuhren, entschuldigten Sie sich – angeblich, um einen spontanen Termin mit einer Sicherheitsfirma wahrzunehmen. Sie haben für die Tatzeit kein Alibi«, sagte Justus. »Wie Sie es auch drehen und wenden, alles spricht gegen Sie. Der Fund der Uhr ist an sich schon belastend genug.«

Olivias Mutter sank in sich zusammen. »Schön, schön! Ich gebe es zu. Aber ich will jetzt keinen Aufstand! Wir werden Mr Brookside eine stattliche Entschädigung zukommen lassen und ich gebe die Uhr dem Museum zurück. Sie ist zwar kaputt, aber das ist ja nun nicht meine Schuld. Damit hat sich die Sache hoffentlich erledigt.«

»Ganz so einfach wird es wohl nicht sein«, sagte Justus. »Das werden die Richter entscheiden.« Er gab Peter ein Zeichen. »Inspektor Cotta und seine Leute dürfen jetzt reinkommen.«

»Wie schön, dass dieser alte Fall nun doch noch richtig aufgeklärt werden konnte«, sagte Kommissar Reynolds mit Genugtuung. Er stand gemeinsam mit den drei ??? auf dem Schrottplatz. In weniger als einer Stunde würde das Konzert der *Bards of Salvage* starten. Die ersten Besucher strömten bereits auf den Hof und die Musiker erledigten noch die letzten Handgriffe. Canyon Brookside wurde soeben mit seinen Vorbereitungen fertig und kam kurz zu ihnen rüber. Er trug wieder sein Bühnenoutfit mit den langen grauen Haaren. Zusammen mit dem nietenbesetzten Lederwams gaben sie ihm etwas Verwegenes – und standen im krassen Kontrast zu seinem dankbaren Lächeln. »Ich bin froh, dass die Schuldigen überführt wurden.

So kam es doch noch zum dritten Zeichen – passenderweise durch die drei Fragezeichen.«

»Letztendlich hat Ihre verrückte Aktion wirklich zum Ziel geführt«, sagte der Erste Detektiv. »Sie haben Mr Swift und Mrs Pushton-Parker aus der Reserve gelockt. Dabei haben Sie sich allerdings auch gehörig in Gefahr gebracht und das Gesetz gebrochen.«

»Fragen Sie doch nächstes Mal gleich die drei ???, wenn Sie einen Verbrecher überführen wollen«, schlug Kommissar Reynolds vor. »Das ist deutlich einfacher, als in Häuser einzusteigen und Drohbriefe zu schreiben.«

»Das mache ich.« Mr Brookside lachte. »Mr Parker und seine Tochter waren heute übrigens schon bei mir. Ich wurde wegen der Einbrüche zu einer Geldstrafe verurteilt und Mr Parker hat angeboten, die Summe zu übernehmen und mir außerdem einen guten Anwalt zu bezahlen.«

»Sie können eine stattliche Summe als Entschädigung erwarten«, sagte Reynolds. »Schließlich haben Sie mehrere Jahre unschuldig im Gefängnis gesessen.«

»Mir reicht es schon, dass ich nicht mehr als Verbrecher abgestempelt werde«, erwiderte Mr Brookside erleichtert. »Es wird jetzt einfacher werden, Arbeit zu finden. Abgesehen davon startet *Bards of Salvage* voll durch. Zum Konzert kommt sogar ein Musikagent, der Interesse daran hat, uns zu promoten.«

»Das klingt nach einer Glückssträhne«, fand Kommissar Reynolds.

Mr Brookside verzog das Gesicht. »Ich hoffe nur, diese anstrengende Frau vom Heimatschutz wird uns jetzt nicht länger belagern.«

»Mrs Kretschmer wird garantiert heute hier auftauchen«, sagte Justus. »Und sei es nur, um sich über die laute Musik zu beschweren. Ich vermute allerdings, dass sie Ihre Band anfangs nur belagert hat, weil sie die *Bards of Salvage* toll findet. Was sie nur nicht zugeben kann.«

Es dauerte tatsächlich nicht lang, bis Familie Kretschmer durch das Tor des Schrottplatzes kam. Die Zwillinge trugen schneeweiße Lärmschutzkopfhörer. Mrs Kretschmer selbst hatte für die Veranstaltung ihr cremefarbenes Sonntagskleid ausgesucht. Damit hob sie sich deutlich von den Fans der Band ab, die in schwarzen T-Shirts erschienen waren. Doch es gab durchaus auch andere Besucher. Viele Leute aus der Nachbarschaft waren neugierig geworden und bildeten ein bunt zusammengewürfeltes Publikum von Kindern bis zu betagten Senioren. Sogar die Bibliothekarin der Bücherei war gekommen, genau wie mehrere Lehrer aus der Highschool, Surfkumpels von Peter, ehemalige Auftraggeber der drei ???, Mr Andrews, der sich mit einem Kollegen von der *Rocky Beach Today* unterhielt, und Inspektor Cotta.

Der Polizist trat zu Kommissar Reynolds und den drei ??? und beglückwünschte sie zu ihrem Ermittlungserfolg. Herzlich schüttelte er dem pensionierten Kommissar die Hand. »Wie ich hörte, haben Sie auch dazu beigetragen.«

»Es war ja ursprünglich mal mein Fall«, sagte Reynolds strahlend. »Wenn auch nur für kurze Zeit.«

Kurz darauf traf Olivia zusammen mit ihrem Vater ein. Er kümmerte sich rührend um sie, was die drei ??? etwas beruhigte. Schließlich hatten sie ausgerechnet die Mutter ihrer Auftraggeberin überführt.

Das Mädchen stellte sich nun neben Bob und lächelte ihm zu. »Ich bin froh, dass wir nicht mehr zerstritten sind.«

»Ich auch. Schade nur, dass du nicht in Rocky Beach in die Schule gehst. Aber vielleicht ist es auch besser so. Peter hat nämlich eine Freundin.«

»Peter?« Olivia schaute Bob verdutzt an. »Was hat seine Freundin mit mir zu tun?«

»Er ist doch der Freund, den du so toll fandest, oder?«

Olivia lachte. »Nein. Da liegst du voll daneben.«

»Aber –«, setzte Bob an, doch da traten die *Bards of Salvage* auch schon unter lautem Beifall auf die Bühne.

Canyon Brookside bestaunte ungläubig die Menschenmenge vor sich und eröffnete das Konzert mit dem neusten Lied der Band – allerdings in leicht abgewandelter Form. »Die Lügenhexe webt ein Netz der Blenderei«, sang er im Duett mit dem Leadsänger. »Ihr Heer der Bosheit lässt dich nicht mehr frei.« Ohne Rückkopplung schwoll der Klang der E-Gitarren an, dazu der Bass von Brookside. »Ruf die Helden der Wahrheit – im Zeichen der Drei, im Zeichen der Drei. Ruf die Helden der Wahrheit und du bist frei!«

Die drei Helden der Wahrheit sahen sich zufrieden an. Das Lügengeflecht rund um den Country Club hatten sie erfolgreich aufgelöst. Jetzt konnten sie feiern!